우리,
유쾌한 **호통**(好通)의 방식들

우리,
유쾌한 호통(好通)의 방식들

인쇄 | 2016년 11월 25일
발행 | 2016년 11월 30일

글쓴이 | 김순아
펴낸이 | 장호병
펴낸곳 | 북랜드
　　　　06252 서울 강남구 강남대로 320, 1108호(황화빌딩)
　　　　대표전화 (02) 732-4574 | (053) 252-9114
　　　　팩시밀리 (02) 734-4574 | (053) 252-9334

등 록 일 | 1999년 11월 11일
등록번호 | 제13-615호
홈페이지 | www.bookland.co.kr
이-메 일 | bookland@hanmail.net

책임편집 | 김인옥
영　　업 | 최성진

ISBN 978-89-7787-678-1 03810

＊저자와의 협의하에 인지를 생략합니다.
＊잘못된 책은 바꾸어 드립니다.

값 12,000 원

우리,
유쾌한 **호통**(好通)의 방식들

김순아의 인문-비평 에세이

북랜드

들어가며

　이 책은 우리 삶의 다양한 면면들을 인문철학의 시선으로 들여다보고, 살아가면서 툭툭 부딪치는 여러 가지 문제들을 좀 더 깊이 고민해보고자 하는 입장에서 쓴 비평 에세이다. 세계−속에−놓인 존재로서 나는 어떤 모습을 하고 있는지, 타인과는 어떻게 더불어 살아갈 것인지, 우리가 진정 추구하는 삶은 어떤 것인지, 모두가 공유할 수 있는 질문을 토대로 우리의 얘기를 하다 보면 새로운 생각도 열리고, 미래는 지금과는 다른 방향으로 나아갈 수 있지 않을까 하는 생각이 들었기 때문이다.

　최근 다양한 곳에서 인문강좌가 열리고, 인문학에 대한 중요성이 강조되는 것도 이러한 문제의식에서 출발했을 것이다. 그러나 인문학이 조금씩 대중화되면서 그 의미가 너무 가볍게 취급되고 있지 않는가 하는 생각이 든다. 인문강좌를 접한 대다수 사람들의 입에서 '힐링'이라는 말이 나오고 있기 때문이다. 물론 인문학을 접하고 자기를 돌아보는 시간을 갖게 되면서 자기 안의 상처를 치유하고 삶의 지혜를 발견할 수 있다는 점에서 힐링이라는 말이 나올 수도 있을 것이다.

그러나 '나'를 있게 하는 '너'를 생각할 때 인문학을 힐링이라고 말할 수 없을 것이다. 인문학은 나에 대한, 내 삶에 대한 문제의식에서 출발한다. 그러나 그 문제는 언제나 너와의 관계 속에서 발생한다. 나와 너는 생각이 결코 같을 수 없고 삶의 방식 또한 같을 수 없다. 인문학은 이것을 고민하는 데서, 내 삶, 내 주변을 아프게 받아들이는 데서 비로소 시작된다고 본다. 힐링이 아니다. 인문학은 불편한 것이고 고민스러운 것이다.

명확한 답은 있을 수 없고, 그렇다고 삶을 멈출 수도 없는 노릇이다. 하여 필자는 이 분야에 대해 좀 더 깊이 고민해왔던 인문철학자들의 이야기를 들어본 후, 우리가 연결된 삶 터는 어떻게 구성되어 있고, 그 속에서 우리는 어떻게 살아가고 있는지 좀 더 깊이 들여다보면서 독자들과 함께 고민해보고자 한다.

책의 내용은 총 3부로 구성돼 있다. 제1부에서는 동서양 철학자들의 시선을 빌려 철학의 시선으로 볼 때 인간은 어떻게 존재하는지, 그리고 그 인식은 우리의 현실에 어떻게 접목하여 이해할 수 있는지에 대해 생각해 보았다. 제2부에서는 사회문화적

주제를 선정하여 현대적 삶 속에서 우리는 어떤 모습을 하고 있는지, 과거와 현재의 삶이 다르다면 어떻게 다른지, 과연 다르다고 할 수 있는지, 이를 고민하면서 삶의 방향성에 대해 제언해 보았다.

제3부는 일상 속에서 우리가 늘 고민하는 주제들을 선정해 보았다. 일, 사랑, 결혼, 가족, 행복, 꿈, 늙음, 죽음 등 지금-여기의 삶에 대해 생각해보고 새로운 삶을 위하여 물꼬를 어떤 방향으로 틀어야 할지 나름의 생각을 제언해 보았다. 내용은 가능한 객관성을 확보하기 위해 학자들의 주요 논의를 참고하였으나, 전반적으로는 필자의 주관이 개입돼 있음을 밝혀둔다.

이것이 오히려 학자의 이야기를 왜곡할 가능성도 있고, 의도하는 본질을 흐릴 가능성도 있으나, 독자의 입장에서 받아들이고 해석하는 것은 가능하리라 보며, 이를 통해 지금-여기 우리의 문제를 좀 더 다양하게 성찰해 볼 기회가 될 것이라 생각한다.

차례

■ 들어가며

철학의 시선으로 본 존재

인문의 골목에서 본 우리문화 ◈

나-너, 그리고 우리의 일상

철학의 시선으로 본 존재

인문의 골목으로 들어가는 길

    인문학에 대한 열기가 더해가고 있다. TV나 인터넷매체, 각종 문화공론장에서 인문학강연을 흔히 접할 수 있고, 인문학 관련 서적도 쏟아져 나오고 있다. 그만큼 인문학에 대한 관심이 뜨겁다는 의미다. 그러나 우리 삶이 그만큼 인문적인가? 하는 질문에는 쉽게 답하기 어렵다.

    그도 그럴 것이 인간성 실현과 관련된 '소통'의 문제는 여전히 풀리지 않는 숙제로 남아있기 때문이다. 소통은 서로 다름과 차이에 대한 인식을 새롭게 할 때 비로소 그 길이 열릴 것으로 보인다. 물론 차이에 대한 인식이 아직 형성되지 않았다는 의미는 아니다. 차이에 대한 인정윤리는 이미 이전부터 많은 학자들의 다양한 논의를 통해 거론되어 왔다.

90년대부터 본격화된 포스트모더니즘(Postmodernism)담론은 모든 것을 자기중심으로 파악하려는 인간(Man)의 생각이 서로 다른 차이를 '차별화'해왔고, 그것이 힘없는 다수에게 폭력을 행사하는 것으로 이어져 왔기에, 그 인식을 새롭게 하여 '나와 다른 삶'을 인정하자는 요지를 담고 있다. 이러한 분위기가 일반화되면서 최근에는 남과 다른 '차이', 자신만의 고유성, 개성 등이 중시되고 있다.

하지만 고유성, 차이와 '다름'에 대한 인정은 '너는 너고, 나는 나'라는, 말하자면 '너는 네 팔 흔들고, 나는 내 팔 흔드는 것을 인정'하게 되는 위험성을 안고 있다. 그것은 특히 자유경쟁을 목표로 한 신자유주의와 접합되면서 타인을 짓밟고, 나아가 그 폭력에 침묵하거나 동조하는 무관심의 전제로도 동원되고 있는 실정이다.

기실 '능력주의' 이데올로기를 강조하는 신자유주의는 우리 삶을 경쟁체계로 몰아넣고 우리 삶의 자유를 앗아가고 있다. 우리사회는 경쟁에서 살아남은 자에게만 사회적 신분과 지위, 자유를 누릴 수 있도록 허락하기에, 우리는 자신의 경쟁력을 높이려 필사의 노력을 기울일 뿐, 그 밖의 문제는 크게 관심을 갖지 않는다. 이에 따라 크고 작은 문제들이 더 많이 자주 생겨나고, 때로 그것이 나 자신의 문제로 다가오기도 한다.

그러나 함께할 사람은 곁에 없다. 진정한 소통은 이러한 우리의 한계를 인식하고, 상호 달라지려 노력할 때 비로소 그 길이 조금씩 열릴 것이다. 단순히 다름과 차이를 인정하는 데 그치는 것이 아니라, 우리가 완전히 달라져야 한다는 의미다. 그러려면 우선 자신이 먼저 변해야 한다. 나 자신만을 고집하는 나(我)를 버리고, (어제의, 혹은 조금 전의) 나에서 계속 타자(너)로 변해가는 나를 들여다보려 노력해야 한다.

지금 이 시대가 인문적 사유를 요청하고, 인문학의 중요성이 강조되는 이유는 바로 여기에 있다. 나를 위해 너를 없애야 한다는 현실논리 앞에서, 심지어 너그러운 무관심으로 가장한 도덕적 냉소주의 앞에서, 우리가 '알고 있(다고 확신/오인하)는' 인간은 어떤 모습을 하고 있는지? 나는 무엇을 할 수 없는지? 이런 질문을 바탕으로 우리에게 주어진/던져진 삶의 문제들을 어떻게 해결해 나갈 것인지, 그 실현방법을 모색하기 위해.

인문학은 결코 학(學)이 아니다. 학(學)은 실천을 위한 전제조건일 뿐, 그 자체로는 별 의미가 없다. 단순히 배움의 차원에 머물러서는 인문적 지향과 함께하지 못한다. 단순히 읽고 듣고 공부하는 데 그쳐서야 삶에 무슨 발전이 있겠는가. 그러나 읽기조차 하지 않고, 남의 말을 듣고 이해하려고도 하지 않고, 내 생각, 내 주장을 어찌 펼칠 수 있겠는가.

하여 필자는 이런 문제에 대해 좀 더 깊이 고민해 온 철학자들의 이야기를 조금 쉽게 상식적인 차원에서 한번 들어보고, 우리는 그것을 어떻게 해석하고 받아들일 것인지, 우리는 우리 삶을 어떻게 새롭게 열어갈 것인지 독자들과 함께 고민해 보고자 한다. 그런 다음 우리가 추구하는 자유, 행복, 사랑의 방식 등에 대해 이야기해보려고 한다.

 그러니까 이 글은 우리가 공유할 수 있는 질문과 호기심을 열쇠로 삼아 인문의 골목으로 들어가는 문을 열고 그 골목을 산책하며 나누는 우리의 이야기로 이어지게 될 것이다.

너는 누구인가?

― 소크라테스의 질문

철학은 인간을 이해하는 데 가장 중요한 영역이다. 인간이란 무엇인가? 인간에게 중요한 가치는 무엇이며, 그것을 어떻게 보존시키고 발전시킬 것인가? 하는 존재론적 물음, 그 질문에서 출발한 것이 바로 철학이기 때문이다. 그러나 우리가 말하는 '인간이 어떤 모습으로 존재하는지에 대해서는 철학으로 규정할 수 없다. 왜? 인간은 늘 달라지기 때문이다.

우리 삶은 언제나 변화를 동반한다. 시대가 변하고 환경이 변하고 존재의 지평도 변한다. 그 속에서 발생하는 문제도 해결하는 방식도 그러므로 당연히 달라진다. 철학자들 또한 마찬가지다. 철학자들은 각 시대마다 그 방법과 대상을 새롭게 규정하며,

그 시대가 제기한 과제에 답해왔다. 그러니까 과거 철학은 지금 이 시대의 철학과는 성격이 다르다. 그럼에도 철학의 탄생을 살펴볼 필요가 있는 것은 그것이 지금 우리에게 여전히 영향을 끼치고 있기 때문이다.

철학이라는 용어는 '지혜에 대한 사랑(philos, 사랑함 + sophia, 지혜)'의 의미를 담고 있다. 이것은 처음 '지혜 안에 담긴 속뜻', 즉 지식과 관련하여 이해되었다. 그래서 초창기 철학자는 '지식을 가르치는 사람' 정도로 인식되었다고 한다. 그러나 소크라테스가 등장하면서 철학은 자기비판을 통한 참다운 앎의 추구와 그 앎에 따른 실천적 행위로 새롭게 이해되어 왔다.

소크라테스는 서양철학의 창시자라고 해도 과언이 아니다. 그는 '너 자신을 알라', '악법도 법이다'라는 유명한 말을 남기며 당대 사람들에게 많은 영향을 끼쳤다. 당시까지만 해도 이 세계의 중심은 '신'이었다. 사람들은 신이 가장 높은 곳에 위치하고 그 아래로 천사, 인간, 동물, 식물, 광물이 존재한다고 믿었다. 그러니까 중세시대 사람들은 수직의 위계질서로 세계를 파악하였고, 신의 말씀을 따르는 수행자로서의 삶을 중요하게 생각하였던 것이다.

그러나 소크라테스는 신을 중심으로 세계를 바라보지 않았다. 그의 "너 자신을 알라"는 말은 신(성인=타인)의 말을 따라하거나 흉내 내는 것이 아니라, 자신이 원하는 것을 스스로 생각하고 판단하라는 뜻이다. 이 말은 자신의 생각, 자신의 기준이 없이 남의 말을 따라 사는 데, 즉 수행하는 데 적극적이었던 사람들에게 큰 충격으로 다가왔을 것이다. 당시에 이 말은 신의 영역에 도전하는 것처럼 들리기도 했을 테니까.

그러나 소크라테스는 자신의 입장을 굽히지 않았다. 그가 생각할 때, 철학자는 단순히 지식(지혜)을 가르치는 것이 아니라, 참된 진리를 알고, 그 '앎'을 실천하는 사람이어야 했다. 가령, 우리 자신이 말기 암에 걸렸다고 생각해보자. 자신이 암이라는 병에 걸렸다는 사실을 모르면, 우리는 그 상태에서 허송세월만 보내다 죽게 될 것이다. 그러나 병명을 정확히 알고 있다면 치료를 하든 죽음을 받아들이든 스스로 어떤 선택을 하게 될 것이다. 이러한 입장에서 소크라테스는 참된 '앎과 실천의 중요성을 강조하였다.

그리고 그것은 인간의 위치를 한 단계 상승시키는 계기를 마련해 주었다. 기득권층의 입장에서 볼 때, 이것은 매우 불온한 생각이자, 자신들에 대한 도전과도 같이 여겨졌겠지만, 당대 청년들은 그의 말에 크게 공감한다. 그동안 당연하다고 생각했던 모든 것에 대해 고민하면서, 나아가 사회적으로 합의되었다고 여겨졌던 사항에 대해서도 의문을 품기 시작했다.

소크라테스는 신의 영역에 도전하고 청년들을 선동하였다는 죄목으로 감옥에 갇히게 된다. 그러나 아테네 당국은 그를 사형시키지는 않았다. 감옥의 문을 열어놓고 그가 다른 나라로 망명해 가기를 바랐다. 당시 소크라테스의 영향력을 감안할 때, 여론악화로 인해 사회 혼란이 가중될 때 들여야 할 정치적 부담이 컸던 것이다.

하지만 소크라테스는 망명을 거부한다. 자신이 옳다고 믿었던 진리, '스스로 생각함'의 가치를 몸소 실현하기 위해 '악법도 법이다'라는 말을 남기고 스스로 독배를 마시고 감옥에서 생을 마감하게 된다. 물론 그의 생각이 모두 옳다고 볼 수는 없다. 그가 이끌어낸 인간중심의 사유는 플라톤, 아리스토텔레스 등으로 이어지며 모든 만물을 자기중심에서 판단하게 하는 또 다른 문제를 만들기도 했으니까. 하지만 그가 추구한 철학은 자기 스스로 생각하고 판단하는 비판적 자기 검토를 통해 올바른 실천적 행위로 나아가려 했다는 점에서 지금-여기, 우리들에게도 많은 생각의 여지를 남겨준다.

우리를 구속하는 '생각'
― 플라톤과 개념(槪念)

우리는 한순간도 생각하지 않고 살 수 없다. 무엇인가를 보고, 먹고, 냄새 맡고, 소리 듣고, 피부로 느낄 때도 반드시 생각이 동반된다. 이때 '생각'은 대상을 선과 악, 있음과 없음, 깨끗함과 더러움 등으로 분별하기 때문에 우리 자신뿐 아니라, 대상을 구속하는 일이 된다. 만일 생각을 동반하지 않고 눈으로만 색과 모양을 보고 귀로만 듣는다면, 대상을 있는 그대로 보거나 들을 수 있을 것이다. 그러나 이 생각 때문에 우리는 대상을 제대로 보지도 듣지도 못한다. 이런 배제·부정의 원리가 '생각'의 본질이다.

그런데 왜 우리는 이러한 '생각'을 실제 삶보다 더 우위에 있다고 여겨온 것일까? 왜 '정신'이 우리의 '몸(존재)'보다 우위에 있다고 생각하는 것일까? 이것은 소크라테스의 제자 플라톤의 영향에 힘입은 바 크다. 플라톤은 스승이 자기 생을 걸고 지키려했던 앎, 그 참된 진리가 무엇인지 알아내려고 다양한 학문, 다양한 분야를 걸쳐 여러 방식으로 연구해나갔다. 그 끝에 도달한 것이 최고의 선과 미(美)라고 할 수 있는데, 플라톤은 이것을 이데아(idea) 혹은 에이도스(eidos 形相)라고 한다. 그렇다면 플라톤이 도달하려는 이데아, 즉 생각이란 무엇일까?

빵을 만드는 상황을 상정해 보자. 빵을 만들 때 필요한 것은 밀가루와 빵 모양을 잡아줄 그릇(틀), 그리고 그것을 만들 사람(제작자)이다. 제작자가 밀가루 반죽을 그릇에 담아 불에 익힌 다음 그릇을 꺼내면 일정한 형태의 빵이 만들어져 나올 것이다. 이때 빵은 그릇(틀)모양을 갖게 된다. 이 모양(형상)을 생각의 형태로 저장한 것이 이데아(idea)다. 플라톤은 이 이데아가 불변의 진리이며, 우리가 추구해야 할 이상적 가치라고 생각했다.

플라톤이 볼 때, 변화무쌍하며 불규칙한 사건들로 이어지는 현실에서는 참된 진리를 찾을 수 없다. 모양도 빛깔도 각양각색인 꽃은 계속하여 변하고 있기에, 무엇으로 규정할 수 없고 그러니까 '안다'고 할 수도 없는 것이다. 이와 달리 형상, 이데아는 절대 변하지 않는다. 꽃이나 빵, 그리고 그것들은 만지는 사람(제작자)은 세월 가면 형태가 변하고 언젠가 사라지겠지만, 머릿속에 저장된 형상은 영원히 남아있게 되는 것이다.

그러나 세상에 영원한 것은 없다. 플라톤은 불변의 이데아(생각=정신=이성=관념)가 참된 진리(앎)이며, 이것이 인간의 영혼을 선하고 아름답게 하고 보존할 수 있다고 믿었지만, 그것은 오히려 우리에게 폭력을 행사한다. 추상적 관념(觀念)의 다른 말 개념(槪念)을 떠올려보자. 한자어 개(槪)는 '평미레질하다, 누르다, 억압하다'는 의미를 가진다. 됫박에 쌀을 붓고, 정확히 한 되가 되도록 여분의 것을 깎아버린 것, 공통의 틀 속에 들어가는 것, 일반적인 것만을 생각의 형태로 저장한 것이 바로 개념이다. 허나 됫박 안에 고정된 쌀처럼, 제한된 개념으로는 결코 세계를 전체적으로 바라볼 수 없다. 틀(이데아=관념)에 박힌 생각으로는 나도 너도 세상도 변화할 수 없다.

우리가 개념을 이해하는 일을 '파악(把握)'이라고 할 때, 파악 또한 결코 긍정적 의미만을 갖고 있지 않다. 손으로 꽉 잡아 쥐는 것, 손에서 빠져나간 것은 포기하고 남겨진 것을 생각의 형태로 저장한 것, 이것이 파악의 의미인 것이다. 그러니까 '이데아(idea)=관념(생각)=개념'은 처음부터 갇혀 있는 것이고, 나/너 및 세계를 전체적으로 바라볼 수 없게 하는 것이고, 출발부터 소유의 상태이고, 시작부터 제한돼 있는 것이다.

그러니까 우리가 어떤 대상을 알려고 생각할 때, 그때 '생각' 하는 그 대상은 실재가 아니라, 추상적인 것 허망한 것에 지나지 않음을 먼저 인식해야 한다. 삶의 진리는 추상적인 것, 저기 먼 곳에 있는 것이 아니라, 지금-여기, 실재하는 세계, 살아 움직이는 일상 속에 있음을 알아야 한다. 우리가 어떤 대상을 있는 그대로 보지 못하고, 자신이 보고 싶은 것만 보고, 듣고 싶은 것만 듣는 것도 이 '생각' 때문이며, 서로 소통하지 못하고 단절되는 원인도 바로 그 '생각' 때문이다.

그러므로 무엇보다 중요한 것은 생각(idea)의 틀을 깨는 것이다. 생각을 열어야 한다. 그래야 있는 그대로의 사물, 혹은 '나/너'가 보일 것이며, 세상을 전체적으로 새롭게 바라볼 수 있다. '생각' 그 자체에 대한 근원적 반성, 이것은 오늘날 불통·단절의 시대에 더욱 필요한 것이 아닐까 한다.

갈등과 화해의 변증법
― 헤겔의 '절대이성'

　헤겔은 플라톤 이래 데카르트, 칸트의 철학을 거치며 절대이성을 강조했던 독일의 철학자다. 절대이성은 변증법에 의해 도달되는 최고의 지점, 즉 더 이상 변화될 필요 없는 최고의 위치를 뜻하는데, 헤겔이 이를 지향한 것은 그가 살았던 시대 상황과 무관하지 않다. 당시 서구유럽은 신을 부정하는 회의주의가 지배적이었다.

　1755년에 발생한 리스본 대지진은 그 계기로 작용했다. 대지진을 목도한 사람들에게 신은 더 이상 정의롭지 않았고, 때문에 더 이상 성경대로 살려 하지 않았다. 자연스레 신의 권위는 추락하게 된다. 헤겔은 이러한 시대를 '역사의 종말'이라 명명하며,

절대이성을 통해 인간성의 신성을 복원하려 했다.

헤겔은 인류역사에는 절대이성이 있고, 절대이성이 역사를 어떻게 움직여왔는가, 이것이 역사를 결정짓는다고 생각했다. 그는 세계사를 절대정신(이성)이 자유를 향해 나아가는 과정이라고 정의하고, 인간의 역사 역시 변증법적 발전을 겪는다고 말한다.

변증법은 테제(these)와 반테제(anti-these)가 서로 모순을 만들고 지양될 때 도출되는 신태제(synthese), 이른바 정반합의 논리를 말한다. 이를테면, 한 사람이 어떤 문제를 생각할 때, 거기에는 허점이 있을 수 있다. 그럼 그 허점을 지적하는 다른 사람의 의견도 있을 것이다. 그 과정에서 서로 다른 다양한 생각들을 모으면 새로운 논의가 만들어진다. 이러한 과정이 계속 반복되면 더 이상 수정될 수 없는 가장 높은 위치의 이성이 나올 수 있다는 것, 이것이 변증법이다.

헤겔은 변증의 논리를 통해 지향한 것은 국가, 종교, 철학을 아우르는 하나의 원리라고 할 수 있다. 이념과 현실-혹은 내용과 형식, (정)신과 인간-의 합치를 통해 이루어지는 전체 동일성의 논리 말이다. 사실 이것은 고전철학자들의 주요관심과도 다르지 않다. 고전철학자들이 가졌던 관심도 인간성의 신성 또는 신성의 인간성이었다. 인간과 신을 하나로 일치되는 것 말이다.

그러나 고전철학이 추구한 인간의 신성은 단지 이상일 뿐 현실의 것이 될 수 없었다. 고대 그리스 신들의 조각형상에는 (정)

신성을 표현하는 무엇이 없다. 신의 형상은 그저 조각(틀)로만 남아있다. 이때 신은 사람들의 내적 공감을 이루지 못하고 오직 경외의 대상으로 머물러 있게 된다. 이를 두고 헤겔은 주관성의 현실성이 없다고 말한다.(헤겔, 두행숙 옮김, 『헤겔미학·Ⅱ』, 1996, p.323)

헤겔이 보기에 인간과 신성의 관계는 아직 합치되지 않았다. 신성을 표현하는 인간의 모습은 너무나 이상적이고, 멀찍이 떨어져 바라보기에만 좋았을 뿐이다. 신의 영역과 인간의 영역은 뚜렷이 구별되어 있어, 인간의 역사와 신적인 것의 공통성은 끊어져 있고 정신적 소통은 이루어지지 않았다.

헤겔은 그 소통, 혹은 합일의 방식을 예수의 초상에서 찾는다. 예수를 표현하는 문제는 실제로 눈에 보이지 않는 정신을 어떻게 보이도록 하는가의 문제라고 할 수 있다. 즉 인간의 육체(그릇)에 어떻게 '(정)신(=idea)'을 담아낼 것인가 하는 것이다. 헤겔은 그것을 예수의 눈빛을 통해 설명한다.(이지훈, 『존재의 미학』, 2008, p.84)

즉 인간의 심정이나 마음이 아무리 내면적인 것이라 해도 눈빛이나 표정 또는 목소리 말 같은 육체적 요소를 통해 드러날 수 있으며, 이때 신과 인간은 하나가 될 수 있게 된다는 것이다. 헤겔은 이러한 내적 일치를 화해의 계기라고 부른다. 화해(和解)라는 한자는 서로 꼬이고 엉킨 것을 푸는 행위와 관련된다. 오해가 잘못 푸는 행위라면 화해는 함께 더불어 잘 풀어내는 것이다.

헤겔이 신과 피조물의 화해를 말할 때, 그것은 마치 남자와 여자가 만나 자식(아들)을 낳고, 그것이 계속 이어지면서 전수되는 '아버지—정신'과 '아들—정신'이라고 해도 좋을 법하다. 자기 정신에서 '아버지—정신'을 깨닫는 '아들—정신', 아들 속에서 자기 정신을 확인하는 '아버지—정신' 사이에 일어나는 화해 말이다. 이것을 달리 말해 변증의 논리라 해도 무방할 것이다.

이러한 화해, 혹은 변증의 논리는 예수의 얼굴이 유럽사회에서 문화적 동일성의 중심이 되는 '주체'개념을 형성하는 중대한 계기가 되었다. 모든 낱낱의 개체정신들이 보편정신으로 동일화(하나)되는 것, 여러 타자들이 내적 동일화를 이루는 어떤 보편적인 '정신', 이것을 예수라고 해도 좋고 대문자 주체(=I)라고 해도 좋을 것이다. 이러한 동일화논리가 차후 '서양=인간=남성=백인' 이외의 것들을 배제시키는 결과를 낳게 된다.

'망치'의 철학
─ 니체와 힘에의 의지

　니체는 '신은 죽었다'는 주장을 펼쳐 20세기 유럽의 지식인들에게 큰 영향을 끼친 19세기의 독일철학자이다. 그는 이전까지 서구 유럽에서 신봉해왔던 관념철학이나 이를 토대로 한 기독교적 신을 부정하고 존재에 대한 새로운 논리를 펼쳐왔다. 그래서 그는 인류역사상 가장 위험한 철학자로 불리기도 한다.

　기독교에서 참된 '정신'으로 여기는 신의 이념은 '관념'과 상응한다. 기독교에서는 신만이 세상의 본질과 진리를 안다고 주장하며, 신과 이어진 성직자의 권위를 높여왔다. 성직자는 예수의 초상을 바라보며 예수의 사상과 일치된 삶, 헌신적인 삶을 살아가려고 노력한다. 이 삶이 배어나는 얼굴은 설령 겉모습이

닮지 않았다 해도 모두 예수의 얼굴과 동일한 의미를 갖는다. 성직자들은 이러한 삶의 태도를 가지려 하며, 다수의 신도들에게도 강조한다.

그러나 신의 말씀을 따르는 자는 주인으로서의 삶을 살 수 없다. 신 앞에서 초라하지 않을 인간이, 죄 없는 인간이 어디 있겠는가. 니체가 볼 때 종교적 삶은 노예의 삶과 다르지 않았다. 그래서 니체는 기독교와의 대결을 통해 기존의 모든 가치에 대한 거부를 선언한다. 이제까지의 모든 가치 기준이었던 신의 죽음을 선고하고, 기존의 모든 철학도 부정한다.

전통철학에서 '스스로 생각하고 판단함'의 가치는 이후 '자유의지론'과 연결되었는데, 여기서 선택은 개인이 통제 불가능한 외부(정치, 사회, 문화적인) 원인에 의해 이미 제약된 불가피한 선택일 수 있다는 점이 고려되지 않는다. 그러니까 스스로 생각하고 판단하여 결정한다는 것은 그 책임이 오로지 개인에게 있고, 단죄되고 처벌되어야 할 대상 또한 그 행위의 주체인 개인이 되는 것이다.(김화성, 「칸트의 근본악과 제노사이드」, 2013, p.195) 그런데 한 개인을 순식간에 범죄자로 낙인찍어 매도하는 그 사회의 가치체계와 규범이라는 것이 과연 절대적이고 완전한 것일까?

그래서 니체는 『차라투스트라는 이렇게 말했다』에서 이렇게 말한다. 초인이 되어 삶의 주인으로 살아가라고. 니체가 말하는 초인은 결코 현실의 저편, 즉 관념적 이데아나 (정)신성을 쫓지 않는다. 지금-여기(대지) 현상적 삶에서, 우리 삶의 조건들을 (계)층화하고 구분하는 경계를 무너뜨리고 새로운 의미를 건설하라 한다. 그가 말하는 초인은 지칠 줄 모르고 새로운 놀이를 만들어내는 어린아이와 같다. 병원놀이 자동차놀이 소꿉놀이 등 끝없이 다른 놀이로 옮겨가는 아이들처럼 초인은 어떤 목표나 소유의식을 갖지 않는다.

따라서 어떤 실망도 충족도 없다. 그저 계속하여 부수고 만드는 유쾌한 순환을 즐길 뿐이다. 그 놀이과정에서 노예가 주인이 되고, 주인이 노예가 되는 위치 전도, 즉 역할 바꾸기도 가능해진다. 그러나 사실 그것이 말처럼 쉽지 않다. 운명이 고통을 동반해 엄습하면 우리는 대개 신음을 토하며 웅크리거나 무기력이라는 낯선 얼굴을 할 수밖에 없다.

니체는 이때 필요한 것이 힘에의 의지라고 말한다. 힘에의 의지는 마주한 고통을 극복해 나가려는 의지이다. 우리 인생은 우리의 바람과 상관없이 우리를 엄습하는 운명들로 점철돼 있다. 우리는 어떤 부모를 만나게 될지, 어떤 외모와 지능을 갖게 될지, 어떤 병에 걸리게 될지 아무것도 알 수 없다. 인생은 이러한 운명과의 싸움이다. 살다보면 도와줄 수도 도움 받을 수도 없는 일들이 얼마나 많이 도래하는가.

그러나 니체는 그 운명과의 싸움을 정면으로 받아들이라고 말한다. 삶을 강타해 오는 고통을 정면으로 받아들이고 그것을 극복할 수 있을 때 인간은 강해진다는 것이다. 힘에의 의지가 강한 인간은 그러므로 고통을 사랑하는 인간이며 고난이 찾아오기를 바라는 인간이다. 가혹한 운명과 대결하면서 자신을 더욱 강하고 존재로 고양시킬 수 있을 때, 기존의 자기를 파괴하고 새롭게 살려는 의지, 그 힘을 가지게 될 때, 우리는 진정으로 자기 삶의 주인이 될 수 있다. 그래서 흔히들 니체를 '망치의 철학자'라 표현하기도 한다. 인간의 주체성, 자유로운 존재로서의 변혁 등을 말한 니체의 모습이 마치 망치를 들고 낡은 가치들을 파괴하며 나아가는 모습 같다는 데에서 붙여진 이름이다. 여러분은 어떠신가? 부딪쳐오는 고통에 굴복하지 않고 늘 새로운 것을 만들어내는 것이 힘에의 의지라면, 그것이 삶 자체라면, 안전한 삶만을 바라는 자신을 향해 망치를 들 용기(힘)가 필요하지 않을까.

평범한 '악'에 대한 보고서
— 한나 아렌트와 악의 평범성

지금 이 세상이 안전하다고 믿는 사람들이 과연 있을까? 이유도 알 수 없는 무자비한 범죄가 판을 치고 끊임없이 계속되는 종족간의 분쟁, 기근과 천재지변으로 처참하게 죽어가는 사람들, 자신의 이익을 위해서라면 전쟁도 불사하는 파렴치한 권력자들의 만행. 모두 셀 수 없고 모두 다 기록할 수 없는 끔찍한 참사를 우리는 단 하루도 지켜보지 않을 수 없게 되었다. 이제 어디에도 안전지대는 없다.

그러나 정말 중요한 것은 안전지대가 사라졌다는 사실이 아니라, 우리가 만성폭력의 소비자로 전락하고 있다는 사실이다. 우리는 자신에게 주어진 임무 자기 역할에만 충실할 뿐, 삶의 부조리를 깨닫지 못한다. 아니 여유가 없다. 폭력적 이미지가 날마다 반복 제시되면서 우리 생의 감각은 점점 마비되고, 심지어는 그 잔인함에 매료(?)되는 기이한 행동까지 서슴지 않고 있다.

한나 아렌트는 이러한 악의 평범성을 오래전에 지적한 바 있다. 그녀는 독일계 유대인 사상가이자 미국의 정치 철학자이다. 악의 평범성은 그녀가 출간했던 『예루살렘의 아이히만』이라는 책의 부제에 쓰인 용어다. 아돌프 아이히만은 2차 세계대전 당시 유대인들을 수용소로 이송시켜 학살하도록 한 나치의 중간 간부였다. 1961년, 그는 도피처였던 아르헨티나에서 체포되어 예루살렘의 공개재판에 서게 된다. 2차 대전 당시 독일에서 피신, 프랑스를 거쳐 미국으로 건너가게 된 아렌트는 <뉴요커>의 기자 자격으로 학살의 실무책임자였던 아이히만의 재판에 참관하게 된다.

재판에 참관했던 사람들은 아이히만이 스스로 참회하고 반성하기를 기대했다. 그러나 그는 '모두가 유죄인데, 왜 나만 유죄라고 하는가'라고 오히려 반문했다고 한다. 이에 경악한 아렌트는 1965년 『예루살렘의 아이히만―악의 평범성에 대한 보고서』를 출간하여 '악은 악인이 행한다'는 기존 통념에 전적으로 반하는 주장을 펼치게 된다.

아렌트에 따르면, 아이히만은 국가의 명령에 따라 행동하는 책임감 있는 공무원이었고, 아주 근면하고 성실한 가장이었으며, 칸트의 도덕철학을 읽을 정도로 계몽된 지식인이었다. 실제로 아이히만은 재판 내내 칸트의 도덕철학을 들먹이며 "명령받은 대로, 의무에 따라 행동했을 뿐, 비열한 동기나 악행이라는 의식이 없었다"며 자신의 무죄를 주장했다. 그러나 아이히만의 주장은 칸트철학을 왜곡한 강변에 불과했다. 아렌트도 지적하듯이 칸트는 맹목적인 복종이 아니라 인간의 자율적인 판단능력을 강조했다.

칸트에 따르면 인간은 누구나 자유롭고, 인간의 본성은 '선에의 소질'로 구성돼 있다. '소질'은 크게 '자기애'와 '도덕법칙에의 존중'으로 구성되며, 양자는 모두 인간 행위의 근원적이고 필연적인 동기로서 자기실현과 관련된다. 인간성 실현의 가능성을 규정하는 소질은 두 가지 동기를 함축한 인간 본성의 보편적 구조이다. 소질 그 자체에 대한 선택권이나 결정권은 없지만, 행위의 두 동기 사이의 관계를 어떻게 정립할 것인가의 결정은 전적으로 행위자의 자유로운 선택의지에 달려 있다.

그러나 아이히만은 자신의 의지, 즉 자율적 판단능력이 없는 "무사유"한 존재나 다름없었다. 그는 마치 '매사에 성실하고 정직하여, 반평생을 국가에 충성하고 국민에게 봉사했던' 김남주 시의 「어떤 관료」처럼 "개인적인 발전을 도모하는 데 각별히 근면한 것을 제외하고는 어떠한 동기도 갖고 있지 않았"으며, "자기가 무엇을 하고 있는지 결코 깨닫지 못한" 자였다.

아렌트는 히틀러가 '실체적 악'이라면, 히틀러의 신념을 아무런 사유나 비판 없이 추종한 아이히만은 '평범성의 악'을 대표하며, 나아가 비판적 분석 능력을 잃어버린 대중은 누구나 이런 '악의 전령사'가 될 수 있다고 말한다.

생각해보면 우리 대다수가 여기에 해당된다. 그저 세상이 원하는 대로 살 수밖에 없다는 인식, 불의를 보면서도 내게 주어진 일이나 성실히 수행하면서, 나는 악의 전령사가 아니라고 누가 반박할 수 있겠는가. 나 이외의 것에는 무관심하거나 침묵하는 나와 너. 그런 우리가 많아지는 현실에서 나는 인간이 얼마나 속절없고 무능하고 몰염치하고 이기적인 존재인가를 다시한 번 생각해 본다.

우리는 모두 히스테리 환자?
― 프로이트의 정신분석학

살다보면 이유 없이 짜증이 나거나 신경질이 나고, 심하면 호흡곤란과 수족마비 등의 증상이 일어나기도 한다. 왜 이런 증상이 일어날까? 우리는 왜 이유도 없이 아플까? 프로이트는 그 원인을 유아기의 외상적 체험 때문에 발생한 '무의식적 욕망'과 이것이 의식적으로 등장하는 것을 막는 '방어' 사이의 심리적 갈등에서 찾는다. 이를 해명하기 위해 프로이트는 '무의식'에 주목한다. 흔히 오이디푸스 콤플렉스로 회자되는 프로이트의 핵심 개념은 이를 설명하기 위해서인데, 특히 '성적 욕망'에 대한 발견은 진정한 의미에서 정신분석학의 출발지점을 이룬다.

프로이트에 의하면 유아는 어머니의 몸에 전적으로 의존하여 쾌감을 얻는다. 그러나 그 쾌감은 구강기에서 항문기, 생식기에 이르기까지 빨고 배설하는 여러 적응단계를 거치며 억제된다. 어머니가 젖가슴을 떼는 순간 생존을 가능케 하는 영양뿐 아니라, 그와 함께 이루어졌던 성적 쾌감도 사라지며, 배설 역시 통제 훈련을 받으면서 억압에 관련된 성격이 형성된다. 이러한 억압(거세)은 독립된 주체로 성장하기 위해 남아와 여아가 모두 경험하는 일종의 통과의례인데, 이것이 훗날 어른이 되어서도 히스테리 등 정신적 위해(危害) 상태로 남게 된다.

그러나 그 과정에서 느끼는 상처의 아픔은 남녀가 서로 다르다. 성차를 인식하면서 남아는 모든 인간이 남근을 소유하는 것이 아님을 발견하고, 금지(거세)가 어머니의 사랑에 대한 근친상간적 욕망을 벌하기 위해 행해지는 것이라 생각한다. 이는 (사랑 경쟁자인)아버지에 의해 행해지는 거세 공포를 초래하는데, 이때 남아는 어머니에 대한 욕망을 억압하고 권위와 법을 상징하는 아버지와 자신을 동일시한다. 이를 통해 성장하면 한 여성을 소유할 수 있는 (아버지의)권위를 획득할 수 있으리라 생각하며 남성정체성을 획득하고 여성을 계속 욕망할 수 있게 된다.

그러나 남근이 없는 여아는 태어날 때부터 결핍된 존재다. 이미 '거세되어' 남근을 갖고 있지 않다는 것을 알게 된 여아는 그것(남근)을 소유하고 싶어 한다. 그리고 그 부재의 원인이 어머니에게 있다고 생각하여 그녀를 비난한다. 하지만 어머니도 '거세'되어 있음을 발견하고는 아버지에게로 돌아선다. 아버지가 남근 대신 아이를 제공해줄 수 있을 것이라 생각하고 아버지를 욕망한다. 그러나 아버지는 여아의 접근을 금지하기 때문에, 그 소망을 이룰 수 없다. 그래서 여아는 아이라는 대체된 대상을 통해 '남근'을 획득할 수 있는 어머니가 될 때까지 오이디푸스 궤적을 수행할 수 없는 결핍된 타자로 사회 속에 남게 된다.

프로이트의 논의는 '남근'의 유무를 통해 여성의 성을 '없는 것'로 파악하게 함으로써 남녀 '차이'를 '차별'화해왔다는 점에서 차후 많은 이론가들에게서 공격을 받아왔지만, 가부장적 구조가 아직 강고한 한국사회에서 남녀의 '이유 없이 아픈' 증상을 이해하는 데는 도움이 된다. 프로이트의 논의를 따른다면, 여자를 소유할 수 있는 남자는 타자의 욕망보다 자기 욕망을 더 강조하고 그것을 관철하려고 한다. 그것이 관철되지 않을 때 화를 내고 신경질적으로 변한다. 반면 여자는 타인의 욕망을 더 중시한다. 여자아이들이 남자아이들보다 공부를 더 열심히 하려하고, 부모가 원하는 것에 자신을 맞추려 애쓰는 것은 타자(부모)의 욕망에 맞출 때 자신이 더 사랑받는다는 것을 본능적으로 알기 때문이다. 여자가 더 스트레스가 많고, 신경질을 내거나 짜증을 내는 경향이 잦은 것도 그래서이다.

이렇게 본다면 우리사회에서 남녀 모두는 강박증과 히스테리를 앓는 환자들인 셈이다. 프로이트의 말이 맞다면, 어쩌면 이 병은 근본적 해결이 어려울지 모른다. 살아가면서 툭툭 부딪치는 사건들은 우리에게 계속 위해(危害)를 가해올 것이며, 그 충격으로 인해 심리적 보호막에 구멍이 뚫릴 때마다 우리 의식의 기저에 억압돼 있는 무의식은 의식 위로 솟아오르며 증상을 호소해 올 것이므로. 그러나 그 아픔을 굳이 거부할 필요는 없다. 오히려 그것을, 불쾌하고, 수치스럽고, 받아들일 수 없는 내면의 상처들을 분출(표현)하는 것이 더 중요하다. 안에서 곪은 피고름이 밖으로 터져 나와야 새살이 돋듯, 춤이든 노래든, 그림 그리기이든, 글쓰기든, 어떤 식으로든 표현할 때 상처는 치유될 것이다. 남을 지나치게 의식하지 말고, 남에게 인정받으려 하지 말고, 쫄지 말고, 자신을 귀하게 생각할 것, 여기서부터 건강하고 참된 자기 삶이 시작될 것이다.

타자의 욕망을 욕망한다?

― 자크 라캉의 욕망, 그리고 주체

　세상에 어떤 무엇도 '순수하게 독창적인 것'은 없다. 그것이 무엇이든 이전의 것에서 영향을 받고, 이를 계승하거나 비판적으로 수용하기 마련이다. '정신분석학'도 예외는 아니다. 프로이트의 뒤를 이은 정신분석학자 라캉 역시 다른 철학을 수용함으로써 정신분석학의 새로운 계기를 마련했다. 그가 가장 큰 영향을 받은 철학은 소쉬르의 구조주의 언어학이다.

　구조주의 언어학에서 핵심은 시니피앙과 시니피에다. 시니피앙(기표)은 귀로 들을 수 있는 소리로서, 의미를 전달하는 외적 형식(기호)을 말하며, 시니피에(기의)는 소리로 표시되는 말의 '의미'를 뜻한다. 이를테면 우리가 꽃을 말할 때 머릿속에 떠오르는 이미지(형상)가 기표이고, 그 꽃에 내재된 '의미'가 기의가 된다. 그러나 기표는 기의를 다 담아낼 수 없다. 우리가 꽃을 말할 때 머릿속에 떠올린 꽃의 의미는 각자 다양하듯, 기표(기호)는 기의(의미)와 100% 동일하지 않다. 그래서 라캉은 기표는 기의에 가 닿지 못하고 계속 미끄러진다고 말한다. 이러한 언어체계를 라캉은 정신분석학에 도입한다.

라캉은 프로이트의 '무의식구조(원초아-자아-초자아)'처럼 언어도 구조화되어 있다고 생각하고, 그것을 상상계(거울 단계), 상징계, 실재계로 나누어 설명한다. 상상계는 프로이트의 원초아, 즉 아이가 어머니가 하나로 된 단계를 말한다. 이 단계에서 아이는 자신을 엄마와 동일한 존재로 생각한다. 그러나 그것은 아이가 상상한 오인(誤認)의 산물일 뿐 실재가 아니다.

상상계에서 상징계로 접어드는 단계(거울 단계)에서 아이는 혼란을 겪게 된다. 아이는 어머니가 뭔가를 원한다는 사실을 알지만 아직 그것이 무엇인지를 해독할 수 없다. 어머니에게 존재하는 결핍은 아직 상징적으로 이해 가능한 기표로 제시되어 있지 않기 때문이다. 그 혼란은 상징계에 진입하여 벗어날 수 있게 된다.

상징계는 아버지로 대표되는 사회제도, 법, 언어체계의 세계를 말한다. 이 단계에서 아이는 아버지의 이름에 의해 도입된 특권적 기표(언어)를 인식하고, 어머니가 원하는 것이 '남근'이라는 상징적 해석을 얻게 된다. 이를 통해 아이는 어머니로부터 벗어나 아버지와 자신을 동일시하고, 이를 통해 상징질서(사회적 용인, 다른 사람, 사회질서)의 주체가 되려고 한다.

이때 욕망이 생긴다. 본래의 욕망이 아니라, 타인의 욕망에 자신을 맞추려는, 곧 타자가 욕망하는 것을 욕망하는 것이다. 그러나 원초적 욕망(무의식)은 바닷속 빙산처럼 의식 아래 거대하게 자리하고 있다. 그리고 그것은 '실재(계)'에 문제가 생길 때, 의식 위로 솟아오르며 꿈이나 증상 등을 통해 자신을 표현한다. 그 표현방식은 언어의 법칙(환유, 은유 등)을 따르는데, 라캉은 이 언어(말)의 법칙을 분석함으로써 무의식을 읽어낼 수 있다고 한다.

여기서 우리가 주목해볼 것은 '타자의 욕망을 욕망한다'는 말이다. 라캉의 말처럼 우리는 사회적 자아로 성장하면서 점차 아버지로 대표되는 상징체계 안으로 들어와 있다. 어머니의 세계로 돌아갈 수 없고, 상징체계를 벗어날 수도 없기에, 상징질서(법, 제도, 사회질서)가 욕망하는 것을 계속 욕망한다. 정작 자신이 하고 싶은 것은 무엇인지 모른다. 공부를, 일을 열심히 하고 있지만, 정말 내가 원해서 하는 것인지, 주변 사람이 나에게 기대해서 하는 것인지 구분을 못한다. 때문에 남들은 어떻게 하는지, 남의 눈치를 살피고, 남과 다른 자신을 발견하면 불안해진다. 혹시 내가 뒤처진 것이 아닌지 의심한다.

그래서 남을 흉내 내려 하거나, 남에게 의존하려 한다. 어릴 때는 부모에게, 자라서는 선생, 혹은 어떤 멘토에게 자신의 문제를 상담하고 이를 토대로 해결하려 한다. 그러나 그 누구도 멘토가 될 수는 없다. 따지고 보면, 부모도 선생도 멘토도 자기 욕망을 잘 알지 못한다. 멘토는 조금 도움을 줄 수 있을 뿐, 그의 생각을 내 삶에 그대로 적용할 수 없다. 그는 그의 삶을 살고, 나는 나의 삶을 살아야 한다. 그러니까 문제가 있으면 내 욕망의 정체를 알아야 한다. 그러려면 나에게 기대하는 주변 사람이 없는데, 내가 지금 하고 있는 일을 계속할 것인가? 정말 내가 원하는 것이 무엇인가? 스스로 질문해봐야 한다. 그리고 선택해야 한다. 그 결과도 내가 책임져야 한다. 차근차근 부모나 주변의 기대로부터 독립할 수 있을 때, 나는 내 삶의 주인으로서 당당하게 살아갈 수 있을 것이다.

가부장적 사유와 여성
— 여성주의에 대한 오해와 진실

여성주의(feminism)는 우리사회에서 오직 여성만을 위한다는 오해로 인해 그간 제대로 평가받지 못했다. 그러나 여성주의는 결코 여성만을 위한 것이 아니다. 물론 여성주의의 시초는 여권 신장의 차원에서 전개돼 왔다. 그러나 90년대에 이르러 페미니즘은 새로운 방향으로 물꼬를 틀었다. 이 시기 젊은 여성들은 어머니 세대로부터 물려받은 페미니즘을 그대로 받아들이는 것이 아니라, 서로 다른 정체성과 여성의 일상 경험을 통해 역량을 강화하고 새로운 연대를 찾아갈 것을 제안했다. 크리스테바, 식수, 이리가레이 등 프랑스의 포스트모던 페미니스트들은 그 대표적인 학자들이다.

이들이 주목한 것은 프로이트의 '남근 발견'이나 '라캉'의 '거울 단계'에서 간과된 여성의 몸(자궁)이다. 프로이트와 라캉에 따르면 자궁은 눈으로 보이지 않는 '-남근'이다. 이 세상에 존재하는 성은 오로지 남성뿐이며, 여성은 '보이지 않기 때문에 없는' 혹은 '결핍'의 대상이자 남성을 뒷받침해야 하는 존재이다.

이 논리는 유교적 가부장제에서도 그대로 적용된다. 유교도 오이디푸스 구조와 유사하게 여성을 생산(모성)적 존재로만 사회질서 안에 받아들이고 여성을 배제하는 권력구조를 갖는다. 단군신화에서 '곰/호랑이'는 양성성을 가진 상상계에서 호랑이를 추방하고 '곰-여인'으로 규정하는 과정을 볼 수 있다. 유교질서 안에서도 아이는 사회적 정체성을 획득하기 위해 어머니로부터 분리를 겪어야 하고(남존여비, 군사부일체의 철저한 남성중심적 절대성을 교육받음) 어머니의 지침보다는 아버지의 법 앞에 복종해야 한다.

거세위협이란 '남성을 잃느냐, 마느냐' 하는 것이지만, 유교에서는 '인간이 되느냐 못되느냐 ('막돼먹은 놈'이란 호래자식, 후레자식이라는 말이 '홀의 자식', 즉 아버지 없이 홀어미가 키운 자식임을 상기할 것)' 하는 문제이기 때문에 더욱더 강력한 위협이라고 할 수 있다. 유교에서 '아들=상속자'는 가문의 계승자이며, 여아는 삼종지도(三從之道)라든가 칠거지악(七去之惡) 등을 통해 이미 거세되어있는 존재와 같다. 즉 딸은 처음부터 거세된 존재로서('딸이 있으면 뭘 하나, 자식이 있어야지'와 같은 말) 영원한 이방인, 타자로 존재할 수밖에 없었던 것이다.

그러나 그것은 남성의 시선일 뿐, 여성은 결코 '없는 것', '결핍'의 대상이 아니다. 여성이 월경을 하고, 임신과 출산을 할 수 있는 이유는 자궁이 있기 때문이다. 자궁은 여성의 고유성을 상징하는 것이자, 남성과는 다른 '차이', 즉 (임신을 통한)복수적 정체성을 설명하는 근거이기도 하다. 또한 그것은 신체적 가변성과 관련하여 언제나 변화를 상정한다. 임신한 여성의 몸이 시간의 흐름에 따라 배가 부풀어 오르며, 출산 이후에 다시 쪼그라드는 것처럼. 그리고 여성의 몸속에 있던 타자(자식)는 여성의 또 다른 정체성으로서 출산을 통해 무한으로 증식된다. 그러니까 여성의 몸(자궁)은 결핍이 아니라 충만함, 그리고 변화와 새로움을 추구하는 공간이 되는 것이다.

그러나 2000년대에 이르러 페미니즘은 90년대의 한계를 지적하며 또 다른 방향을 가리키고 있다. 90년대 여성주의는 여성이라는 집단적 성정체성을 기반하고 있기 때문에, 남성성을 오히려 소외시키거나 여성 간의 다양한 '차이'를 표현할 수 없게 된다. 최근 주목받고 있는 미국출신의 페미니스트 주디스 버틀러는 '여성 없는 페미니즘'을 주장하며 남녀 모두를 고려한 젠더 관점의 여성성을 강조한다. 그녀는 '나와는 전적으로 다른 차이'를 가지고 있는 구체적인 타자를 마주하고 그들과 연대할 수 있는 방법을 '불투명성'으로 설명하면서 자아와 타자가 따로 떨어져 존재하는 것이 아니라 서로 연결돼 있음을 강조한다.

버틀러의 말처럼 우리는 누구도 타인에 대해 다 안다고 말할 수 없다. 나 자신에 대해서도 마찬가지다. 이것을 인식할 때 우리는 누구 앞에서도 자신의 입장만을 강조하지 않을 것이며, 삶은 '관계' 속에서 아름답게 꽃필 것이다. 혹자는 남성이 점점 여성화되어간다고 걱정하지만, 남성들은 더 많이, 적극적으로 여성스러워져야 할 필요가 있다. 지난 역사 속에서 남성성은 우리 모두를 얼마나 힘들게 해왔던가. 경쟁과 정복과 힘의 숭배로부터 벗어나 개별자로서 각각 새롭게 변해가는 너와 나, 우리가 '함께' 행복하게 공존하는 세계가 속히 도래했으면 좋겠다. 경쟁이 아니라 연대를, 힘에 의한 배타적 지배가 아니라, 공존과 배려를 실천하는 세계가 날마다 넓어졌으면 좋겠다.

규율사회와 훈육되는 아이들
― 푸코와 파놉티콘

　부모에게 가장 큰 걱정은 '자녀교육'일 것이다. 자녀교육은 세계 어느 나라, 어느 부모도 벗어날 수 없는 모두의 관심사이자 인생 최대의 과제이다. 그러나 그 과제를 풀어내기는 결코 쉽지 않다. 어떻게 하는 것이 자녀의 성장에 도움을 줄 수 있는지, 적절한 해법을 찾지 못한다. 그래서 우리는 자녀교육 방법을 외부에서 찾는다. 다른 사람은 자식을 어떻게 가르치고 길러내는지, 그 성공사례를 외부에서 찾고, 자녀들이 그 기준에 맞추어 살아가도록 강요한다. 말하자면, 공부를 열심히 해야 좋은 대학에 들어가고, 좋은 대학에 들어가야, 좋은 직장을 얻고, 좋은 직장을 얻어야 성공적인 삶을 살아갈 수 있다는 것이다.

그러나 돌이켜보면 그 생각은 부모 자신의 생각이 아니라, 외부의 기준, 즉 사회가 요구하는 기준에 맞추어 형성된 생각(觀念)일 공산이 크다. 허나 그것이 진정 자녀를 위한 일일까. 사회적 기준에 자신을 맞출 때 인간은 자기 스스로 주체가 될 수 없다. 사회적 기준, 통념은 인간을 억압하는 권력으로 작동한다. 프랑스의 철학자 미셸 푸코는 바로 이 지점에 주목하여 '지식은 곧 권력'이라는 명제를 제시하고, 사회적 인식을 결정짓는 각 시대 권력은 무엇이며, 그 개념이 어떻게 발생했고 변화했는지, 왜 변화했는지 따지면서 '지식=권력'의 위계를 해체하고자 했다.

그의 논의에 따르면 우리가 학습하여 알고 있는 진리, 혹은 지식에는 권력 이데올로기가 깃들어 있으며, 그 이데올로기가 우리를 점점 노예화시킨다. 가령, 아이는 태어날 당시에는 아는 것이 없다. 엄마가 어떤 사물을 가리키며 그 이름을 명명할 때, 아이는 엄마가 일러준 대로 사물을 받아들인다. 학교에 가서도 마찬가지다. 처음 학교에 간 아이들은 학교의 규칙을 모르고, 지식에 대한 정보도 갖고 있지 않다. 그러나 학습을 통해 등하교시간을 지키고, 교복을 입고 수업시간에 바른 자세로 앉아 있는 법을 배운다. 지식정보 또한 학습을 통해 받아들인다.

그러나 주체의 자율성은 거세된다. 수업시간에는 화장실에도 마음대로 갈 수 없다. 현장체험 학습을 떠날 때, 선생님이 아이들의 의사를 묻는 경우도 거의 없다. 대개 선생님들이 장소를

정하여 학생들에게 통보한다. 그것은 규칙이기에 학생들은 당연하게 받아들인다. 이때 학교는 아이들을 휘두르는 지배 권력이 되며, 아이들은 그 권력에 지배당하는 피지배자가 된다.

　이러한 규율의 제도는 학교뿐 아니라, 병원, 군대, 감옥 등에서 인간행위를 관찰, 통제하는 장치로 사용돼 왔다.『감시와 처벌』에서 푸코는 벤담의 '파놉티콘' 개념을 따 권력이 인간을 어떻게 감시·통제하는가를 설명한다. 파놉티콘은 바깥쪽으로는 원주를 따라 죄수를 가두는 방이 있고 중앙에는 죄수를 감시하기 위한 원형공간이 있는 감옥을 말한다. 죄수의 방은 항상 밝게, 중앙의 감시공간은 어둡게 유지된다. 때문에 간수는 자신을 드러내지 않고서도 죄수를 감시할 수 있고, 죄수는 보이지 않는 곳에 있는 간수의 시선 때문에 규율에 벗어나는 행동을 하지 못하게 된다. 이렇게 한 사람의 권력자가 만인을 통제·감시하는 사회를 푸코는 '규율 사회'라고 한다.

　푸코식으로 말하면, 우리는 모두 원형감옥에 갇혀 있는 죄수와 같다. 사회의 기준, 규율에 따라 사는 것이 바람직한 삶이라 생각하며, 그 기준에 맞춰 살아가는 것이 보편적 삶이라고 생각한다. 그래서 심각하다. 이 시대의 기준은 '자본'이다. 자본의 규칙은 우리가 지켜야 할 기본규칙이고 삶의 기준으로 인식되기에, 우리는 자본을 위해 평생을 죄수처럼 살아간다. 부모가 아이들에게 공부를 시키는 것도 다 자본을 위해서이다. 학생들이 공부를 하려는 것은 학문을 탐구하기 위해서가 아니다. (사회기준을 내면화한)부모의 요구에 부응하여 좋은 직장을 얻기 위해 서이며, 취업경쟁에서 살아남기 위해 스펙을 따기 위해서이다. 요즘 대학생들을 보면 아프다. 자본주의의 오랜 훈육 속에서 정작 자신이 하고 싶은 일이 무엇인지조차 모르는 학생들이 많다.

자본주의는 인간의 본성과 상관없다. 교육이고 학습이고 훈육된 것이다. 자본에 훈육된 학생들에게 선택의 여지는 없다. 하고 싶은 일이 아니라, 해야 하는 일을 해야 한다. 그러나 그것이 과연 행복한 삶일까? 물질의 성공이 곧 행복으로 이어지는지는 깊이 생각해 보아야 한다. 이를 위해서는 자녀 교육에 열을 올릴 것이 아니라, 나 자신부터 돌아볼 필요가 있다. 나는 이 세계를 어떻게 이해하고 받아들이고 있는지, 그 속에서 어떤 삶을 살고 있는지, 자녀에게 무엇을 강조하고 있는지, 스스로를 되돌아보고 자신만의 기준을 가질 때, 비로소 제대로 된 자녀교육이 시작될 것이다.

민주정치에 대한 철학적 성찰
— 들뢰즈의 탈주와 생성

민주정치는 자유와 평등을 원칙으로 한다. 인간은 누구나 자유롭게 살아갈 권리가 있고 자기 생각을 주장할 수 있지만, 개인의 생각은 완벽할 수 없기에 다수의 의견을 수렴하여 어떤 법, 체계를 수립해야 한다는 것이 민주정치의 기초이다. 그런데 중요한 의문은 다수를 대표하는 자가 과연 다수 의견을 수렴하여 제대로 실행하는가 하는 것이다. 역사적으로 통치자는 권력을 지배계급에 이양해왔을 뿐, 다수의 민의(民意)을 온전히 수렴한 적이 거의 없다.

그것은 국가의 기원을 『사회계약설』로 풀어낸 루소의 논의에서도 발견할 수 있다. 루소는 개인의 기본권 수호를 위해 다수의 동의에 기초한 정치 질서가 형성되어야 함을 강조했다. 여기서 중요한 것은 다수가 자유의지를 가지고 국가권력에 복종하겠다는 계약을 맺었다고 보는 것이다. 한 마디로 사람들이 자신의 주권을 모두 국가에 이양하겠다고 약속을 했다는 것인데, 과연 그러한가? 우리는 단 한 번도 이런 계약을 한 적이 없다. 우리는 어느 나라에서 살아가겠다고, 그 나라의 법과 체제에 따르겠다고 약속을 한 적이 없다. 그러나 그렇게 계약을 했다고 치자는데 모두 동의하고 따른다. 그리고 그것을 매번 선거 때마다 실현하고 있다고 착각한다.

우리가 삶의 주인으로서 민주를 실현하려면 바로 이 점에 주목해야 한다. 권력자는 그 권력을 지배계급에 이양하며 우리 삶을 계속하여 구분해왔으며, 그 속에서 가진 자와 못 가진 자, 남자와 여자, 흑인과 백인, 젊은 층과 노년층은 뚜렷이 (계)층화된다. 이것은 서로 다른 '차이'를 '차별'화하여 계급·서열화하고 이제는 하나의 지층처럼 굳어져 있다. 우리가 민주를 회복하려면 이 구분체계를 부숴버려야 한다. 그러나 가능할까. 모든 질서를 파괴할 경우 혼란이 가중되지는 않을까. 과연 어떻게 할 것인가?

질 들뢰즈는 그 가능성을 『천 개의 고원』에서 타진하고 있다. 그는 모든 존재를 이항대립으로 분리하고, 그것을 고착화시키는 선들을 분절선 혹은 절편선이라고 명명한다. 그리고 그 선을 이루는 질서 혹은 규칙(법)을 코드화라고 하며, 이 코드화가 영토

화와 맞물려 만들어지는 전체를 '배치'라 한다. 그는 이 배치를 단선이 아니라 점선으로 구성해야 한다고 본다. 점선을 통해 서로 위치가 언제든 바뀔 수 있는 상태를 들뢰즈는 '리좀(rhizome)'과 연관하여 말한다. 리좀은 수목(樹木)체계의 나무뿌리와 달리 땅 속으로도 옆으로도 자라는 뿌리를 의미하는데, 이것은 뿌리 그 자체가 아니라 인간 삶의 존재방식, 탈중심적 사유방식을 의미한다.

그가 운운하는 탈중심은 세계를 지배하려는 '권력=중심'에서 벗어남을 말하는 것이지, 결코 '중심'이 없음(無)을 이야기하는 것은 아니다. 이 세계에 존재하는 모든 존재(타자)들은 저마다 주체이며, 이 주체들이 본래의 자유를 회복하고, 서로 공감하고 연대를 형성하는 세계가 바로 탈중심의 세계인 것이다. 실제 우리 삶의 장(Field 혹은 영토)은 칼로 자르듯 구분·구획되어 있지 않으며, 누구도 어느 하나도 동일하지 않다. 모든 사물과 사물, 인간과 자연은 서로 얽히고설킨 관계 속에서 자유롭게 존재하고 생멸한다.

자연(自然)의 질서를 한번 보라. 자연의 질서를 따르는 존재는 어느 한 순간도 고정되거나 한 자리에 머물러 있지 않다. 단단하게 굳은 지층도 때로는 습곡을 통해 서로 뒤섞일 수 있으며, 화석화된 바위도 비바람, 햇볕에 깎이거나 빛깔이 바뀌면서 변화하고 달라진다. 그러므로 우리의 사유도 삶도 달라져야 한다. 하나의 중심을 향해서가 아니라, 어떤 중심의 성립도 불가능하게 만들면서 계속하여 이탈하고 발산하는 방향으로. 정치도 마찬가지고, 그에 영향을 받는 우리 삶 또한 마찬가지다.

우리가 바라는 탈중심, 탈층화의 세계는 정치권력을 파괴하거나 장악하는 차원으로는 결코 도래하지 않을 것이다. 개인의 자발성, 능동적 실천을 담지한 일상의 혁명을 동반하지 않고 정치판의 주인이 백번 바뀌어본들 무엇하겠는가. 변화와 혁명의 의미를 이해할 의지나 능력 없는 정치, 그런 정치인은 백성을 구원한 적 없다. 그러자면 우선 나부터 바뀌어야 한다. 변화에 함몰되는 것이 아니라, 스스로 변화의 주체로 나아가야 한다. 머리(이성)가 아닌 몸(행위)으로, 삶을 치열하게 갱신해가야 한다. 스스로 변화의 주인으로 나아가려는 자에게, 주인의 힘을 가진 자에게 누구나 함부로 대하지 않는다. 그 개인들이 뜻을 함께하고 연대할 때 더 말해 무엇 하겠는가.

'스스로 그러한' 자연과 같이

— 노자와 존재(道)

　자연은 삶의 보고(寶庫)이자 지침서다. 자연의 내부를 찬찬히 들여다보는 것만으로도 우리는 삶의 출구를 찾을 수 있을 것이다. 노장철학을 관통하는 도(道) 역시 자연을 깊이 들여다보는 데서 출발했다. 도는 우리가 알고 있는 종교(도교)의 개념이 아니다. 도는 인간의 시선(觀)에 의해 차별되고 부분화되고 왜곡되기 이전의 존재의 본성과 관련된다. 서양철학에서 존재는 '인간(유일자=신=logos)'를 중심으로 파악하지만, 노장의 도(道)는 인간중심의 나(I)로 생각하지 않는다.

　그것은 노자의 『도덕경』에서도 쉽게 발견된다. 노자는 도가 두 대립 면의 '관계'로 이루어져 있다고 본다. 유무상생(有無相

生), 유물혼성(有物混成)이 바로 그것이다. 이것은 존재를 상호 '관계'성으로 바라보고 있음을 의미한다. 노자는 유무(有無)의 두 대립 면은 새끼줄처럼 서로 꼬여 끊임없이 이어지며, 그것은 '텅 비어(無·虛) 있기에 정의할 수 없다고 말한다. 만일 억지로 이름 붙인다면, 큰 것(大)이라 할 수밖에 없으며, 이것을 도(道)라고 말한다. 이러한 도의 특징은 이데아적 관념으로 존재의 의미를 규정하고 고정시키는 서양철학의 존재 개념과는 상반된다.

유와 무과 처음부터 뒤섞여 끊임없이 이어지는 도는 그 시작과 끝을 알 수 없고, 어느 한 자리에 머물러 있거나 고정돼 있지 않다. 그래서 노자는 『도덕경』 첫머리에서 '도가 말해질 수 있으면 진정한 도가 아니고, 이름이 개념화될 수 있으면 진정한 이름이 아니다(道可道非常道)'라고 말한다. 이는 도의 존재 양식을 설명하기 위해 부득이하게 언어를 빌릴 수밖에 없음을 역설적으로 표현한 것이라 할 수 있다. 즉 존재에 비해 그 존재를 설명하는 언어는 열등하며, 존재는 언어로 완전히 표현될 수 없다는 것이다. 이는 32장에서 '영원한 도는 이름이 없고(道常無明)', 41장에서 '도는 숨어서 이름 붙일 수 없다(道隱無明)'는 말에서도 강조된다.

노자는 이러한 도를 자연에서 찾고 있다. '자연(自然)'은 우리가 생각하는 어떤 실재를 지칭하는 것이 아니라, '스스로 그러한', 그냥 있으면서도 움직이는 존재 혹은 행위의 어떤 양상을 묘사하는 말로서, 자신의 존재와 행위를 스스로 결정할 뿐, 그 밖의 다른 외적 규칙을 따르지 않음을 의미한다. 스스로 결정하고 행위 하는 자연은 대상을 소유하려 하거나 지배하려 하지 않는다. 오히려 역사와 이데올로기의 거대한 힘에 끌려가는 왜소한 인간을 포근히 감싸준다. 인간이 횡포를 부릴 때는 다소곳이 그 수모를 참아내지만, 조용히 그러나 강력한 힘으로 그에 대응한다.

무위(無爲)의 자세가 바로 그것이다. 노자가 말하는 무위란 결코 '무위도식(無爲徒食)'을 의미하는 것이 아니다. 무위란 보통 인간들에게서 발견되는 '일체의 의식적 행위가 없음', 즉 너무나 자연스럽고, 자발적이어서 자기가 하는 행동이 행동인 것으로 느껴지지 않는 행동이 바로 무위의 위(爲)이다. 도의 실현방식은 이러한 무위의 방식이고, 이런 무위의 길(道)이 우리가 따라야 (道法自然) 할 삶의 길이라는 것이다. 노자는 그 실천자로서 가장 훌륭한 것이 '물(上善若水)'이라고 말한다.

물은 낮은 곳으로 흘러가면서 뭇 생명들 속에 깃들지만, 그 생명을 자기 것이라 하지 않는다. 마치 어머니처럼 흘러들지만 곧 스스로는 그 생명으로부터 더 낮은 곳으로 떠난다. 물은 누가 시키지 않아도 자발적으로 솟아오르며 저절로 움직인다. 조그만 틈도 뚫고 들어갈 수 있으며, 단단한 바윗덩어리도 뚫을 수 있다. 얼음처럼 단단해지기도 하고 수증기처럼 부드러워지기도 한다. 노자는 이러한 물의 속성을 성인의 통치와 연결하여 물처럼 살기를 강조한다.

대개 우리는 사회적으로 성공하거나 지식을 쌓으면 시체처럼 뻣뻣하고 딱딱해진다. 성공했다는 그 기억이 우리를 딱딱하게 만든다. 그러나 진정한 주체는 반드시 저자세를 취한다. 물의 자세가 가장 훌륭할 수 있는 까닭은 자신을 낮추기 때문이다. 노자는 우리에게 물처럼 살아서 자신을 낮추고 부드럽고 유연한 자세를 취하라고 충고한다. 자기 입장을 관철시키려는 자는 빛나지 못하고, 자기 관점으로 상대를 보는 사람은 진정한 인식에 도달하지 못하며, 자신을 드러내는 사람은 공을 차지하지 못하고, 자신을 내세우는 사람은 지도자(주인)가 되지 못한다고 말한다. 자기 삶의 주인으로서 남과 더불어 살아가려는 자는 이를 잊지 말아야 할 것이다. 그러지 않으면 결국 타인으로부터 외면당하고 만다.

진정한 자유와 소통의 윤리
― 장자의 소요론(逍遙論)

　　노자의 사상을 이어받은 장자는 모든 규범을 뛰어넘어 자유롭게 사는 소요(逍遙)로서의 무하유(無何有)의 세계를 강조했다. 무하유의 세계는 현실적 시비에 얽매이지 않는 정신적 경지를 의미하는 것으로, 노자와 다른 차이라고 할 수 있다. 노자는 도를 자연에서 찾고, 자연의 질서를 강조하였지만, 장자는 도가 '이 세상 어디에나(無所不在)' 있다고 보며, 그것을 '내가 스스로 찾아야 한다(道行之而成)'고 본다.

　　장자의 도(道)는 세계의 근본이라는 의미에 이어 최고의 인식이라는 또 다른 의미가 있다. 장자에 따르면 세계 인식은 사람에 따라 다르기 때문에 '어떤 구체적인 사물도 없었다'는 인식이 전제되어야 한다. 이것은 본질상 무차별성과 신비성의 두 가지 특징을 가진다. 무차별성은 내용(觀念)이 없는 자연무차별(自然無差別), 즉 시비와 애증을 용납하지 않고 차별이나 한계가 없는 절대 조화의 경지를 말하며, 신비성은 주로 헤아릴 수 없고 짐작할 수 없음을 가리킨다.

장자는 제물론에서 '진정으로 위대한 도는 일컬어지지 않고 위대한 변론은 말로 하지 않는다', '도가 말해지면 도가 아니고 말이 논변을 이루면 언급하지 못하는 것이 있다(夫大道不稱, 大辯不言…… 道昭而不道 言辯而不及)'고 역설하였다. 지식을 포함, 현실의 모든 시비(是非)와 호오(好惡)를 초월한다면 무차별의 경지에 감화하여 들어갈 수 있고, 정신적인 즐거움을 누릴 수 있다는 것이다.

이때 간과하지 말아야 할 것은 장자가 말하는 초월은 서양의 시공초월의 의미와는 다르다는 점이다. 서양의 초시공(超時空)은 현실 초월적 관념(idea)과 연결되지만, 장자의 초월은 결코 현실을 회피하는 소극적 의미가 아니다. 장자는 도가 현실을 껴안고 그 속에서 끊임없이 회의하고 부정하는 가운데 적극 실현된다고 본다. 그의 유명한 '곤붕 이야기'를 한번 보자.

북쪽 바다에 물고기 한 마리가 있었는데, 그 물고기의 이름은 '곤'(鯤)이다. 곤의 둘레의 치수는 몇천 리 인지를 알지 못할 정도로 컸다. 그것은 변해서 새가 되는데, 그 새의 이름은 '붕'(鵬)이다. 붕의 등은 몇천 리인지를 알지 못할 정도로 컸다. 붕이 가슴에 바람을 가득 넣고 날 때, 그의 양 날개는 하늘에 걸린 구름 같았다.

— 「소요유(逍遙遊)」中

위 일화에 등장하는 대붕은 장자가 말하려는 소요(逍遙), 즉 정신적 자유의 의미를 우회해서 들려주는 것이라 할 수 있다. 대붕이 되어 구만리 장천을 자유롭게 날아가려면 우선 물고기가 '새'로 변하는 통과의례를 거쳐야 한다. 이때 물고기는 몸이 찢기고 살이 터지는 엄청난 고통을 경험해야 한다. 그런 고통을 겪은 후에라야 물고기는 큰 새가 되어 높은 하늘로 자유롭게 날아갈 수 있게 된다.

우리는 대개 자유를 편안함과 안락함으로 인식하지만, 자유는 결코 편안한 상태를 의미하지 않는다. 진정한 자유는 고통을 겪는 과정, 자기 앞에 놓인 여러 가지 부정적인 조건들을 극복하는 과정과 함께 한다. 우리가 어떤 일을 스스로 선택하여 그 일을 실현해나갈 때, 고통이 따르게 돼 있다. 그 고통을 고통으로 받아들이는 것이 아니라 놀이로 받아들일 때 자유를 맛볼 수 있다.

삶의 고통을 놀이로 받아들이고, 지옥 같은 생을 소요(逍遙)로 여기는 사람은 세상의 어느 한쪽만을 바라보지 않는다. 유(有)와 무(無)가 원래 한 덩어리이듯이, 존재의 전체를 바라보려고 한다. 나는 너와 원래부터 한 덩어리이며, 상호 관계를 통해 계속 변화하는 과정에 있기에, 그 어떤 무엇도 하나의 의미로 규정하지 않고, 대상을 자기 성취를 위한 목적이나 수단으로 이용하려하지도 않는다. 장자는 그 실현방법으로 좌망(坐忘)과 심재(心齋)를 제시한다. 좌망은 신체와 정신을 모두 잊고 도와 합일하는 것을 말하며, 심재는 정신적으로 편안하고 허정한 상태를 의미한다. 이는 아직 타자에 대한 의식이 없는, 비인칭적인 마음(=虛心) 상태를 의미하는 것으로, 타자와의 만남을 위한 전제 조건이기도 하다.

우리가 남과 소통하기 위해서는 나와 그에 대한 관념(편견)을 버려야 가능하듯이, 본래의 −무차별적−무(無)의 상태를 회복해야만 자신 및 세계, 그리고 타자와의 관계도 회복할 수 있다는 것이다. 그래서 장자는 이쪽저쪽을 모두 볼 때에야 피차의 상대성을 볼 수 있게 되고 비로소 전체적인 인식을 할 수 있다고 한다. 홀로 살아갈 수 없는 존재로서 진정 자유를 얻고자 한다면 이러한 그의 목소리에 귀 기울일 필요가 있을 것이다.

인문의
골목에서 본
우리문화

문화는 무엇을 하는 것인가?

　우리에게 문화란 무엇일까? 과연 문화는 무엇을 하는 것이며, 문화적 삶이란 어떤 삶을 말하는 걸까? 문화(Culture)의 어원은 라틴어 '경작하다, 가꾸다'는 동사 'Colere'에서 왔다. 인간이 수렵과 채집을 통해 자연으로부터 식량을 얻다가, 토지를 갈아 곡식을 경작하고 가축을 기르는 과정에서 파생된 것이다. 그러니 어원대로 하자면 문화란 자연의 '경작', '재배', '가꿈' 정도의 말이 되겠다.

　그러나 오늘날 문화의 의미는 이전과 다르다. 오늘날 우리가 쓰는 용례로서 가장 오래된 문화는 15－16세기에 일컬었던 문화의 의미와 가깝다. 이 시기 문화는 인간의 정신성과 관계된 추상의 형태를 띠게 된다. 즉 동식물의 경작 정도로 여겨지던 문화가 '인간의 정신(마음)을 가꾸는 행위'로 그 의미가 확장된 것이다. 이때의 문화란 아주 세련되고 정제된 형태의 '의식', 즉 철학이나 고급예술을 가리키는 것이었다. 이것은 국가적 차원으로 확장돼 국가 중에서도 특히 유럽만이 높은 수준의 문화를 가지고 있다는 것으로 이해되었다.

그것은 18세기 계몽주의를 거치며 서구중심주의를 강화하는 요소로 작용했다. '인간의 깨어남' 즉 계몽정신을 강조했던 당시 유럽은 정치적으로는 아직 봉건군주제였으나, 시민의식을 서서히 깨어나게 했고, 시민교육이 확대되면서 시민계층의 문화가 형성되기 시작했다. 그리고 그것은 계몽된 문명이 덜 계몽된 타 문명을 흡수·통합하는 역할을 하게 된다. 그러니까 계몽주의 문화는 타 문명을 배타적으로 억압하는 문화였던 것이다. 그러나 20세기에 이르러 문화개념은 넓게 확장된다. 이 시기에 등장한 대중매체는 돈 있는 계층이 즐기던 독점적 문화에서 벗어나 중간계급 내지 노동계급의 문화양식까지 포함하게 된다. 이로 인해 고급문화와 저급문화 간의 긴장관계가 발생하기도 했다. 우리가 대중문화를 얼마 전까지만 해도 값어치 없는 싸구려 문화로 치부했던 것은 바로 이 때문이다.

그러나 7-80년대에 들어 문화는 '의미를 만드는 실천'이라는 의미로 새롭게 정의된다.(김숙희, 「여성문화란 무엇인가?」, 사회문화연구소, 2002, p.19) 문화는 고정돼 있는 것이 아니라, 변하고 움직이는, 혹은 '의미를 만들어내는 실천의 장'으로 인식되기 시작한 것이다. 7, 80년대에 대중매체를 타고 유행했던 청바지, 선글라스, 장발, 통기타 문화는 당시 젊은이들이 억압적인 사회 상황에 대항하는 하나의 사회정치적 실천이었던 것이다.

그러면 문화와 인간은 어떻게 관계하는 것일까? 문화가 '의미를 만드는 실천'과 관계되는 것이라면, 그 의미를 만들어내는 주체는 과연 누구일까? 말할 것도 없이 '인간'이다. 인간은 개개인이 속한 사회의 의식주 방식과 가치, 관습 등을 깊이 내면화하고 의식하면서 살아간다. 자신이 속한 문화를 그대로 따를 수도 있고, 비판하면서 비켜가려 할 수도 있지만, 외면할 수는 없다. 우리 모두는 특정 문화 속에서 나고 자라면서 사는 법을 배웠기 때문이다. 매운 맛에 친숙하거나, 설날과 추석에 조상을 기리는 것 등은 우리가 한국의 문화 속에서 성장했기 때문이다.

문화는 일단 태어난 후에 배워 익힌 것(習得)이라, 나라마다 다르고, 집단마다 다르며, 생물학적 종으로서 타고난 신체 특징과도 다르다. 세상에 단일한 문화란 존재하지 않는다. 남성과 여성도 세분화해보면 어린아이, 초등학생, 중고등학생, 대학생, 청장년, 노년 등으로 나뉜다. 초등학생은 대학문화를 알 수 없고, 대학생은 초등학생문화를 알 수 없다. 일찍 생활전선에 뛰어든 동년배들의 문화도 알 수 없다. 장년층 또한 노인대학이나 노인정에 나가는 할머니 할아버지의 문화를 알 수 없고, 노년층 또한 이 시대 청·장년들이 겪는 어려움과 그 문화를 결코 알 수 없다.

그럼에도 불구하고 우리는 늘 자기관점에서 타문화를 배척하거나 부정하는 입장을 취하는 데 익숙하다. 자기와 입장이 같지 않으면 가치 없는 것으로 격하시키고 폄하하려 들기도 한다. 그러나 앞서 살폈듯이 문화는, 우리 삶은, 정지된 것이 아니라 움직이는 것이다. 오늘의 문화는 분명 어제의 문화와 같지 않다. 내일 문화는 오늘 문화와 다를 것이며, 또 달라져야 한다. 우리가 문화인이 된다는 것은 바로 이 '다름'과 '차이'를 인식하고, 스스로를 변화시켜 나갈 때 가능해질 것이다. 다름과 차이를 인식할 때, 그것을 언어로든 행위로든 실천해 나갈 때, 우리는 진정 문화적 삶을 살아가는 주체가 될 수 있을 것이다.

15

먼저 인간이 되라?

'먼저 인간이 되라'는 말이 있다. '인간이 되려면 인간다워야 한다'는 말도 있다. 무슨 의미일까? 인간의 모습을 한 인간을 인간이라 할 수 없다는 뜻일까? 인간다운 '인간'이란 과연 어떤 인간일까? 그 답을 우리는 유교사상의 원류 공자에게서 들어볼 수 있다. 공자는 『논어』에서 인간의 본성을 인(仁)으로 설명한다. 일반적으로 인(仁)은 어질다는 의미로 해석되지만, 공자에게 인은 '만물을 낳는' 씨앗으로 해석된다. 공자에 의하면 인간이 인간일 수 있는 이유는 씨앗(=仁)이 있기 때문이며, 그것은 모든 인간이 공통적으로 가지고 있다. 이 씨앗이 있기 때문에 우리는 상대의 마음도 알 수 있다. 그것이 곧 공감의 능력이다. 공감의 능력이 있기 때문에 내가 원하지 않는 것은 다른 사람도 원하지 않는다고 알 수 있다는 것이다.

공자는 이것을 잘 키워야만 진정한 인간이 된다고 생각한다. 그래서 '기소불욕물시어인(己所不欲勿施於人)', 즉 자기가 하기 싫은 일은 남에게 권해서는 안 된다고 말한다. 이를 키우기 위한 방법으로 공자는 학(學)과 습(習)을 제시한다. 학습의 목표는 인(仁)이라는 씨앗을 사회의 보편적 가치, 사회적으로 합의된 보편적 이념, 이상, 질서와 일치되는 단계로 성장시키는 것이다. 그것이 바로 예(禮)이다. 송나라 주자(朱子)는 공자의 사상을 극기복례(克己復禮)로 요약한다. '극기복례'란 씨앗의 가능성을 가지고 있는 존재가 자기를 단련하고 이겨내서 가장 보편적인, 이상적인 단계에 도달할 수 있게 만들어내는 것이다. 그것의 좀 더 구체적인 이야기는 중용에서 볼 수 있다.

중용은 공자의 손자인 자사(子思)의 저작으로 공자의 사상이 묻어나 있다. 그 한 구절이 '인자인야 친친위대(仁者人也 親親爲大)'이다. 즉, 혈육으로 더 가까운 사람을 더 가깝게 대하는 것이 인간의 본성이며, 그 원래의 본성을 지키는 것이 바로 인간이라는 것이다. 인간으로서 인(仁=씨앗)은 부모 자식 간에 가장 선명하게 느껴지며, 그다음에 형제간에 느끼는 것이다. 이 정서를 공자는 효제(孝悌)라고 하였다. '효제야자 기위인지본여(孝弟也者 其爲仁之本與)', 즉 부모에게 효도하고 형제간에 사이좋게 지내는 것이 인(仁)을 실천하는 기본 틀인 것이다. 효가 유교윤리에서 가장 중요한 이유는 인간이 인간인 최초의 지점이기 때문이다.

나아가 효는 국가의 기틀로까지 발전한다. 효제를 잘 지키는 것이 인간의 근본이고, 그 근본을 따르는 사람이 사람 노릇을 하는 사람이다. 사람 노릇을 하는 제대로 된 인간이 모여야 나라가 제대로 된다. 이것이 지켜지는 안에서 모든 질서가 만들어지고 이것을 기반으로 만들어진 이상적인 단계가 바로 예(禮)이다. 그러므로 국가의 틀은 예(禮)를 기준으로 해야 한다. 이것이 선(善)이고, 보편적인 것이고, 이상적인 것이다. 수신제가치국평천하(修身齊家治國平天下)라는 말은 바로 이것을 의미한다. 가정과 국가를 잘 다스리기 전에 먼저 자신을 수양할 것, 그 기본이 바로 예(禮)인 것이다.

그러니까 "먼저 인간이 되라"는 말은 예를 잘 지키라는 말이다. 이것은 지금 우리에게도 여전히 중요하다. 타인과 '관계'속에 놓여 있는 인간으로서 상호 '예'를 지키는 것은 매우 중요한 일이기 때문이다. 그러나 공자가 간과한 것이 있다. 공감, 즉 서로 마음을 '안다'는 것은 내 마음이 네게 알려져 있고, 네 마음도 내게 알려져 있다는 것이 된다. 그러나 과연 그럴까? 사람 마음은 결코 알 수 없고, 상호 같지도 않다. 동일한 상황, 사건에 노출되어 우리가 함께 울고 웃는다 하더라도 그 웃음과 울음의 의미는 각기 다르다. 어쩌면 우리가 알아야 할 것은 바로 이것이 아닐까. 상호 알 수 없다는 것.

예(禮)도 마찬가지다. 혈육으로 더 가까운 사람을 전제할 때,

예는 자신과 먼 것을 배제시키는 근거가 된다. 이것이 결국 학연, 지연으로 이루어진 결사체(혹은 조직체)를 만드는 기반이 되었다. 아울러 이를 기본틀로 하는 가정, 국가는 단 하나의 '가부장＝통치자＝남성'과 동일한 의미맥락을 형성함으로써 수직적 위계질서와 종속적 관계를 만드는 제도로 자리 잡았다. 무엇보다 씨앗을 키우기 위한 학습방법은 누군가 이미 만들어 놓은 체계를 그대로 따르는 것을 상정하기 때문에 창조적 상상력을 가로막는 요소가 된다.

그렇다면 '먼저 인간이 되려면' 어찌해야 할까? 공자의 말을 따르든 그렇지 않든 그것은 각자의 몫이겠지만, 자유로운 삶을 살며 상호관계의 폭을 넓혀가려면 기존 관념에서 벗어나야 한다는 것은 분명하다. 세상의 모든 씨앗들이 관념의 틀을 뚫고 각자 다른 방향으로 뿌리와 가지를 뻗을 때, 멀리 더 멀리로 뻗어나가며 다양하게 싹 틔우고 열매 맺어 제가끔 빛을 발하게 될 때, 세상은 더욱 아름답고 자유로운 곳으로 변모할 수 있을 것이기 때문이다.

한국 남성, 무엇으로 사는가?

남성 위기설이 분분하다. 과거의 남성들은 권위가 있고 위엄이 있었는데, 지금의 남성은 그렇지 않다고 개탄하는 목소리가 높아지고 있다. 남성의 권위하락 원인이 여성의 지위 향상에 있다고 보는 마초들은 여성에 대한 적대와 혐오를 노골적으로 드러내기도 한다. 그런데 과연 그럴까? 여성의 지위 향상이 남성의 지위 하락을 부추기고 있다는 말이 사실일까?

남성위기설이 대두되기 시작한 것은 남성이 여성을 '경쟁자'로 인식하기 시작하면서부터다. 과거에 남성은 여성을 삶의 그어떤 영역에서도 경쟁자라고 생각하지 않았다. 경쟁은 동등한자들끼리 같은 영역에 있을 때 벌어지는 것이다. 여성은 역사적으로 언제나 열등하고 가치 없는 것으로 폄하됐기에 경쟁은 온전히 남성들만의 몫이었다. 그것은 지금도 별반 다르지 않다. 남성들이 역차별의 피해자라고 주장하는 데는 여전히 고전적인 성별인식과 고정관념이 큰 힘을 발휘하고 있다.

남성중심의 질서에 기반을 둔 남자에게는 여러 가지 역할이 배분된다. 먼저 그에게는 이성애의 소산물로서 아들이라는 역할이 주어진다. 이때 아들은 아들을 낳아 대를 잇는 역할을 해야 한다. 아들은 대를 이을 집안의 기둥이라는 상징적 지위가 부여되면서 많은 것을 물려받는다. 그리고 그만큼 중압감도 갖게 된다. 자신의 의지나 욕망과 상관없이 다음 상속자를 생산해야 하는 것이다.

두 번째 역할은 남편과 아버지의 역할이다. 어쩌면 남자의 가장 큰 역할은 바로 이것이 아닐까 한다. 남자는 이 역할을 하기 위해 어려서부터 '사내자식'으로 키워진다. 사내자식은 일단 씩씩하고 활동적이어야 한다. 눈물을 흘리거나 감수성이 예민한 사내는 사내가 아니다. '사내자식'은 밖에 나가 뒹굴고 놀면서 좀 다쳐도 괜찮다. 그래야 사내자식이 된다고 부모는 믿는다. 그래서 친구와 싸우는 과정에서 폭력을 행사했다 하더라도 용인한다.

이렇게 키워진 사내아이는 군에 입대하여 '싸나이'로 다시 태어난다. 다양한 스타일의 머릿결이 '빡빡' 깎여 획일적으로 바뀌는 순간 남자는 더 남자다워진다. 여기서 익히는 남자다움이란 바로 권력체계다. 군대에서 가장 중요한 규범은 상사에 대한 철저한 복종이다. '시키면 시키는 대로 까라면 까'라는, 속칭 'SSKK 정신'은 상사의 권위에 도전해서는 안 되고 복종만 있어야 함을 몸으로 체득하게 한다. '안 되면 되게 하라'는 '군발이 정신'은 하나의 신념으로 이어져 안 되는 일까지 '하면 된다'는 신념을 세우게 한다.

군대의 엄격한 상하 위계질서는 직장에서도 그대로 이어진다. 기업은 어떠한 난관도 헤쳐 나갈 수 있는 강한 남성상을 요구하는 한편 엄격한 상하 위계질서에 순응할 것을 요구한다. 그래서 윗사람의 비위를 맞추며 심리적 갈등과 굴욕감에 시달리게 된다. 그럼에도 '가족을 위해' 모든 갈등과 굴욕감을 참아내어야 한다. 성공을 위해서는 여가까지 헌납해야 한다. 평일에는 저녁 늦게까지, 주말에도 직무수행을 위해 출근해야 하는 일이 빈번하다.

자신과 직접적인 친분이 없음에도 눈도장을 찍기 위해 문병하고, 문상하고, 동창회, 향우회, 종친회 등 모임에도 기계적으로 참석해야 한다. 또 한편에서는 직장 내의 굴욕감과 스트레스 해소를 위해 주로 남성 동료나 동창들을 중심으로 음주, 고스톱 등 여가문화가 형성된다. 싼값으로 단시간 내에 스트레스를 풀 수 있는 가장 쉬운 길은 폭주하는 것이기 때문에 술자리는 가장 흔하게 마련되고, 그리하여 이래저래 술에 찌들어 사는 것이 오늘 우리나라의 남성이다. 때문에 남성은 아내와 자녀 등 가족구성원들과 점점 멀어지고 가족 내에서 자신의 위치를 상실해간다. 남성이 직장을 잃을 경우 전 생애의 실패를 의미하는 것이 되기에, 때로 자살이라는 극단적인 선택을 하게도 된다.

이렇게 볼 때 남성들이 겪는 고통, 혹은 지위 하락은 여성들의 지위 상승 때문이 아님을 알 수 있다. 여성들의 지위가 향상했다고 하지만, '어떤' 여성들의 지위가 상승한 것이지, '여성' 자체의 지위가 상승한 것은 아니다. 오히려 노동의 여성화는 여성의 빈곤을 더욱 부추기고 있다. 일자리 자체가 없어지거나 저임금 비정규직자리는 여성들의 몫이 되고 있는 것이다. 그러니까 공격을 받아야할 대상은 가부장적제도이지, 여성이 되어서는 안된다. 진정한 진보를 이루기 위해 건강한 남성성의 회복은 물론이고, 여성의 삶도 함께 보호받고 존중받아야 한다는 사실을 잊지 않아야 할 것이다.

여성들은 왜 길을 떠나는가?

한국사회에서 '가부장적 이데올로기'를 비판하는 것은 이분법적 체제의 이데올로기를 비판하는 것보다 더 급진적이다. 어떤 의미에서 가부장적 이데올로기 비판은 삶의 근원을 뒤흔드는 혁명적 사안일 수 있다. 한국사회에서 가부장성은 지금도 여전히 강고한 힘을 발휘하고 있기 때문이다.

가부장적 사유에서 여성은 어머니, 아니면 창녀로만 인식된다. 여성은 자식을 생산하는 어머니로 존재할 때만 숭배되며, 이를 벗어날 경우 과잉성애자나 창부의 이미지가 덧씌워져 처벌을 당해왔다. 때문에 여성은 자발적이든 비자발적이든 가부장제와 공모할 수밖에 없었다.

물론 90년대 이후 탈중심적 사유가 부각되고, 여성들의 주체성, 삶의 선택권, 자기 몸의 결정권이 강조되면서 여성에 대한 남성들의 인식도 많이 변화되었다. 그러나 자신의 애인이나 부인, 어머니가 자신을 버리거나 가족을 떠날 때 상황은 달라진다. 어떤 극한 상황에서도 가족을 사수하라는 '가족이데올로기'는 여성이 주체적으로 이혼, 혼외성관계 등을 시도하는 순간 가혹한 보복으로 돌아온다.

혼자된 여성들은 사회의 거침없는 말의 칼날을 고스란히 받으면서도 생존을 위해 노동현장에 뛰어들 수밖에 없다. 그러나 할 수 있는 일은 식당의 주방이나, 마트의 계산대, 중소기업의 생산직, 남의 집 가사일 등이 고작이며, 나이가 든 여성들은 그마저도 쉽지 않다.

쇼 호스트, 헤어디자이너, 현대판 씨받이로 일컬어지는 대리모, 커피숍 헬퍼 등의 직업군에 종사하는 여성들은 노동시장 내부의 위계질서 속에서 감성노동을 착취당한다. 주체적으로 살기 위해 위험한 결단을 내린 여성들은 오히려 사회의 하층부에서 더 험한 노동을 착취당하고 있는 것이다.

그럼에도 불구하고 자기 주체성 회복을 위한 여성들의 일탈(?)은 끊이지 않는다. 남성(혹은 가족)과의 관계를 통해서만 자기 존재를 증명하려 할 때 여성은 '텅 빈 정체성'만 남게 되므로, 마치 자기 존재를 증명하기라도 하듯 가출을 시도하는 여성들이 적지 않다.

여성의 가출은 남아있는 가족들에게도 많은 변화를 겪게 한다. 특히 어머니의 부재는 일차적인 돌봄의 결핍, 심리적 분노와 혼란, 더 나아가 학업 성적부진이나 청소년 일탈 등 사회적 문제를 불러일으킨다. 성별 고정관념에서 벗어나지 못한 아버지들은 가사노동이나 양육에 거의 참여하지 못하고, 자녀들과의 친밀도도 형성하지 못해 결국 자녀들의 성장에 부정적인 영향을 미친다.

이러한 여성문제는 최근 여성이주 인구가 늘어나면서 전 지구적으로 확장되고 있는 실정이다. 지구화의 확대로 국경을 넘어 이주하는 여성들이 직면하는 위험은 새로운 양상으로 드러난다. 한국정부정책이나 미디어에서 가장 주목받는 이주자는 결혼이주 여성이다. 90년대부터 농촌 살리기 사업의 일환으로 시작된 국제결혼은 2000년대에 들어 동남아 여성 등 결혼이주의 입국을 증가시키고 있다. 이렇게 형성된 이러한 가족을 우리는 '다문화가족'이라고 말하기도 한다.

다문화란 한 사회 안에서 종족적인 다양성을 인정하기 위해 만들어진 법적, 정치적 방안과 이념을 의미하지만, 한국사회에서는 그 자체만으로도 폭력적이다. 한국에서 다문화란 다양성의 인정이 아닌, 한국중심·민족국가의 차원에서 이해되기 때문이다. 이것은 이주여성을 더 힘들게 하는 요인이자, 가족 내 갈등이나 폭력, 자녀양육에 대한 무수한 문제의 씨앗이 된다.

허나 돌이켜보면 한국여성도 '코리안 디아스포라'를 형성한 적 있다. 일제 식민지통치 하에서 중국 일본 러시아 등지로 이

주한 한인들, 한국전쟁 후 미군과 결혼해 미국으로 이주한 여성들, 산업화 초기 가난에서 벗어나기 위해 독일로 이주한 간호사들은 이미 잘 알려진 사례들이다. 이를 상기한다면, 현새 한국에 있는 외국인 여성들의 삶은 이해하고도 남음이 있을 것이다.

우리 삶의 조건이 다양해지고 상호 행복하게 공존하려면, 가부장적 남성이데올로기는 지금보다 더 낙후되어야 한다. 한국에 거주하는 외국인 여성뿐 아니라, 한국여성들이 국경을 넘는 일이 많아진 요즘 현실에서는 더욱 그렇다. 최근 국경을 넘는 많은 사람은 10대 후반, 20대 초반의 여성이라고 한다. 왜 여성들이 또 다시 길을 떠날까? 한국경제의 저성장과 청년실업이 심각해지면서 해외취업에 대한 관심이 높아졌기 때문은 아닐까. 그 여성들이 자신의 딸이라면, 자아 주체를 향한 여성들의 이주와 해외취업에 그저 방관할 수 있을까. 그녀들이 성적으로 차별받을 요인은 없는지, 직종의 성별분리나 여성 직종에 대한 평가절하 및 불리한 대우 등의 우려는 없는지, 이에 대해서도 많은 관심을 가져야 할 것이다.

상상력, 미래를 생산하는

상상(想像)은 사람의 경험과 인식을 통해 새로운 형상을 만들어내는 정신적 작용이라 말할 수 있다. 단순히 마음속에 떠오르는 생각이나 그런 형상 만들기가 아니라, 어떤 형태이든 일종의 변이된 또는 새롭게 재구성되거나 가공된 형상 만들기가 상상이다.

이러한 상상력은 예술가는 물론이고, 새로움을 추구하는 인간에게 필수적으로 요구되는 힘으로써, 이 시대를 살아가는 우리에게는 더더욱 요구된다. 우리는 지금 새로운 무엇인가를 만들어내지 않으면 살아남기 힘든 상황에 놓여있다.

과거 7, 80년대까지만 해도 상상력은 크게 강조되지 않았다. 당시까지 우리사회의 최대 관심은 '빠른 성장'이었다. 전후 피폐해진 사회를 재건하기 위해 우리가 선택했던 것은 서구의 산업화 방식을 모방하는 것이었다. 거대 기계시스템의 운용방식, 이에 따른 대량생산과 대량소비는 국가발전의 기틀이 돼주었고, 이를 위한 고속도로건설, 온 나라의 도시화가 눈부신 경제성장을 이룩하는 토대가 돼주었다.

그러나 그것은 지금도 여전히 통용되지는 않는다. 지금 한국사회는 빠른 성장의 시대가 아니다. 모든 것은 엄청나게 성장했고 발전했다. 이제는 성장보다는 빈틈을 노려야 하는 시대다. 그것은 보편적이고, 관습적이고, 기계적인 일상을 반복하는 사람에게는 결코 보이지 않는다.

보편성은 동일성의 논리를 토대로 한다. 모두가 그렇게 받아들이는 것, 모두가 동일하게 인정하는 것, 이것이 보편성이다. 그러나 이 세상에 동일한 것이 어디 있는가. 존재하는 모든 것은 각자 다르고, 또 달라야 한다. 이 시대의 모든 산출물 또한 자기만의 개성, 독특한 이야기가 담겨 있어야 한다. 김밥 한 줄을 말아서 팔더라도 일반적인 방식으로 만든 김밥은 3,000원이지만, 자신만의 독특한 이야기가 깃들어 있는 김밥은 그 배의 값으로 팔릴 수 있지 않은가. 창조적 상상력은 그래서 무엇보다 중요하다.

이를 발현하기 위해 가장 우선되어야 할 것은 주어진 명제를 의심하고 그것을 새롭게 생각해보는 일일 것이다. 가령, 1+1은 일반적인 대답이라면 2가 될 것이나, 관점을 달리해보면 여러 가지 답이 나올 수 있다. 1이 불이고 다른 1이 물이라면 둘의 합은 0, 즉 불도 물도 아닌 것이 된다. 1+1이 결혼한 부부라면 1+1=1이 될 수도 있고, 부부가 아이를 낳거나 다른 사람과 마음을 합쳐 많은 일을 해낼 수 있다면 1+1=3, 혹은 1+1= ∞가 될 수도 있는 것이다.

우리가 당연하다고 생각하는 모든 것은 결코 당연한 것이 아니다. 근대철학의 새로운 장을 연 데카르트의 코기토 명제 '나는 생각한다, 고로 존재한다'의 밑바탕에도 기존의 명제에 대한 회의와 의심이 깔려 있다. 즉 데카르트에게 '생각'이란 단순히 'Think'와 같은 사전적 의미가 아니라, 신의 존재, 철학의 문제, 수학적 명제 등을 새롭게 생각해 보라는 의미인 것이다.

그러니까 중요한 것은 답이 아니라 질문이다. '나는 지구가 멸망하기 전에 한 그루 사과나무를 심겠다'는 말이나, '천재는 99%의 노력과 1%의 영감으로 이루어진다'는 기존 명제도 '남겨진 사과나무는?' '1%의 영감이 없다면?' 식으로 거꾸로 접근해 보아야 한다. 삶의 문제는 수학적 공식처럼 꼭 맞게 풀리지 않으며, 모범답안도 없다.

이것은 옳고 저것은 나쁘다는 식의 정치적 판단에서도 벗어나야 한다. 어느 한쪽이 옳고, 다른 한쪽이 그르다고 생각할 경우, 옳다고 생각하는 쪽을 선택하게 되고 결국은 그 안에 갇히게 되기 때문에 결코 전체를 바라볼 수 없다. 따지고 보면 우리의 신념이라는 것도 결코 자신의 신념이 아니라 대개는 부모님이나 주변사람들의 말을 받아들여 체화한 것일 가능성이 크다.

남의 시선을 지나치게 의식할 필요도 없다. 이렇게 말하면 저 사람이 어떻게 생각할까, 이렇게 답하면 틀렸다고 말하지 않을까, 눈치를 살피고 쭈뼛거리고 주눅이 들어서는 상상력이 발현될 수 없다. 창조는 오히려 전혀 엉뚱한 질문, 엉뚱한 답에서 나올 수 있다. 신을 의심하는 자리에서 새로운 신화가 세워졌으며, 기계도 생물처럼 병에 걸릴 것이라는 엉뚱한 생각에서 컴퓨터 백신도 탄생한 것이다.

창조적 생산력은 고정되거나 경직된 시각에서는 결코 발현될 수 없다. 당연하게 받아들였던 것들을 의심하고, 그것을 낯설게 비틀어보고, 거꾸로 접근해보는 유연하고 비판적인 사고에서 창조적 상상력은 나온다. 어느 한쪽이 아니라, 이것저것, 이쪽저쪽을 전체적으로 바라보려는 통찰력, 창의적 변용과 활용이 가능한 태도를 가질 때 비로소 발현될 것이다.

설득의 기술

　설득(說得)은 말을 통해 상대방의 마음을 얻는 것을 의미한다. 나의 생각을 말로 전달하여, 상대가 내 뜻에 따를 수 있도록 하는 것이 바로 설득이다. 설득은 다른 사람을 나의 편으로 끌어들이는 것과 관련되기에, 많은 사람은 설득을 불쾌하게 여기기도 한다. 때문에 상대를 설득하기 위해서는 무엇보다 잘 말할 수 있어야한다. 말을 통해 상대의 마음을 움직이고, 그와 소통할 수 있을 때 비로소 설득의 길이 열린다.

　소통은 말(言語)을 전제로 하지만, 부질없는 말을 많이 늘어놓거나 자기주장을 위해 큰 목소리를 내어서는 안 된다. 부질없는 말의 반복이나 큰 목소리는 오히려 소통을 방해한다. 우리 역사에서 '말(言)'이 항상 부정적으로 인식돼 온 것도 이와 무관치 않다. "암탉이 울면 집안이 망한다/ 적게 말하고 많이 생각하라/ 침묵은 금이다." 등의 속담에서도 확인되듯이 예전에는 적게 말하는 것을 미덕으로 여겼다. 말을 하면 오히려 야단을 맞기도 했다. "어디서 말대꾸를 하느냐/ 공부는 못하는 게 입은 살아서…/ 너는 쓸데없이 그런 말을 왜 해?" 등에는 아무렇게나 되는대로 말해선 안 된다는 뜻도 담겨 있지만, '말'자체에 대한 부정적인 인식이 깃들어 있다.

하지만 지금 이 시대는 그렇지 않다. 자기 생각을 잘 표현(말)할 수 있어야 한다. 말을 잘 하여 상대방의 마음을 얻고, 상대를 나의 편으로 끌어들이는 것은 어쩌면 현대인의 필수 덕목일 수도 있다. 때문에 최근에는 학교와 학원에서 학생들에게 논술을 가르치거나 토론 수업도 활발하게 진행되고 있다.

그렇다면 어떻게 말하는 것이 잘 말하는 것인가? 우선 상대의 말을 들어야 한다. 자기 입장을 고수하거나 상대에 대한 편견을 가지지 말고, 그의 말을 있는 그대로 들어주어야 한다는 것이다. 이것이 소통의 기본 전제다.

상대방의 약점을 들추어서 말하는 것도 지양해야 한다. 순자(荀子)의 제자 한비자(韓非子)는 「세난편(說難篇)」에서 '역린(逆鱗)'이라는 말을 했다. 역린은 용의 턱밑에 거슬러 난 비늘을 의미하는데, 이 비늘을 건드리면 용이 크게 노하게 된다. 이 비늘이 바로 약점이다. 사람은 누구에게나 역린이 있고, 이 역린을 건드리게 되면 마음을 상하게 된다. 때문에 상대의 약점을 건드리지 않도록 유의해야 한다.

더욱 중요한 것은 진정성이다. 자신이 주장하려는 말에 진심을 담아야 한다는 것이다. 어떤 말이든, 진심이 담겨 있지 않으면 그 말은 믿지 못한다. 소통은 상대의 말을 온전히 들어주고, 약점을 꼬집지 않으면서, 진정성 있게 자신의 이야기를 전달할 때 가능해질 것이다.

그런데 중요한 것은 이런 의사소통이 곧 설득을 의도하는 것은 아니라는 점이다. 설득은 누구나 다 알고 있는 것, 모두가 그렇다고 인정하는 것을 말하기가 아니라, 새로운 문제의식을 전제로 한다. 때문에 어떤 문제에 대한 자신만의 생각, 신념을 가지는 것이 중요하다. 그러려면 대상을 무조건 '좋다/싫다' 하는 생각을 버려야 한다. 늦은 출근길에서 붉은 신호등만 보인다거나, '이상하게 그 사람이 싫다'는 생각이 지워지지 않을 때, 우리는 자신의 눈으로 대상을 보는 것이 아니라, 무의식적 습성으로 보는 것과 같다.

철학자들이 기존 해석의 오류나 잉여를 지적하며 새로운 해결책을 모색할 때, 기존에서 엉뚱하다는 이유로 무시되었던 행위나 생각들을 긍정적으로 검토하는 것도 이런 이유에서이다. 기존의 것을 새로운 시각으로 검토해보면 또 다른 해석도 가능해진다는 것이다. 그러나 어떤 해석이든 타당성과 설득력이 확보되지 않으면 새로움의 지평은 열리지 않는다. 근거를 마구잡이로 제시하거나 우겨서는 설득력을 얻을 수도 없다.

자기만의 생각을 설득력 있게 전달하려면, 그런 주장을 하기까지 도출된, 또는 그런 생각을 하게 된 '과정'과 '원인'을 논리적으로 제시할 수 있어야 한다. 1+1의 문제만 보더라도 어떻게 접근하느냐에 따라 여러 가지 답이 가능했다. 허나 단순히 답이 2가 아닌 것이 중요한 것이 아니라, 그 답이 왜 2가 아닌 다른 수인지 다른 이들이 납득할 수 있게 설명해야 한다는 데 그 주안점이 있는 것이다. 이러한 논리적 설득력과 타당성이 확보된다면 해석의 지평은 언제나 새롭게 열리게 될 것이며, 아울러 늘 새로운 대화, 새로운 소통 가능성으로 우리 삶에 활기가 넘칠 것이다.

소비와 마비

인간은 살아있는 한 벗어날 수 없는 몇몇 조건에 결박되어 있다. 식욕과 성욕은 그 조건일 터이다. 그러나 그보다 더 강한 것은 물욕, 즉 '돈'이다. 근대화가 진행된 이후, 한국사회가 자본주의 체제를 띠게 되면서 '돈'은 우리 삶의 전 영역을 장악하게 되었다. 신자유주의 경쟁논리가 더욱 강화되고 있는 오늘날, 돈이 되느냐 마느냐는 유교질서에서 사람이 되느냐 마느냐와 같은 의미로 인식되기에, 사람들은 돈을 취하기 위해 혈안이 돼 있다.

돈은 그냥 종이다. 그러나 우라는 돈에서 종이 이상을 본다. 돈을 소유한 만큼 자신이 존엄할 수 있고, 우월할 수 있고, 행복할 수 있고, 정상의 대열에서 이탈하지 않을 수 있다고 믿는 것이다. TV나 인터넷 광고매체는 이러한 믿음을 더욱 부추긴다. 아름다운 옷과 화장품, 성형으로 멋있게 변신하는 여성, 멋진 집과 자동차를 소유한 중후한 남성이 등장하는 광고는 우리의 의식 속에 그대로 침투하여 우리를 행동하게 하고 지갑을 열게 한다.

집 가까이 있는 대형할인점, 백화점 등은 철저히 계산된 동선으로 우리의 쇼핑을 돕는다. 세상을 향한 창문이 사라진 그곳에 특별한 후광을 빛 발하는 상품은 우리의 시선을 끌며 발걸음을 멈추게 한다. 그 순간은 얇은 지갑도 한 달 후 돌아올 카드결재 대금도 떠오르지 않는다. 펄떡이는 욕망과 달콤한 상상, 그리고 우아한 세계만 있을 뿐이다. 이제 할인점과 백화점은 단순한 상거래 장소가 아니라, 소위 현대인으로서 살아가기 위한 삶의 원천이 됐다.

그러나 그 삶은 모두에게 언제나 가능한 일이 아닌 만큼 가지지 못한 자에게는 그대로 사나운 권력이 된다. 자신이 만든 생산품이 자신을 소외시키는 것을 체험하는 노동자들은 돈으로부터도 소외된다. 자신이 종일 만드는 고급자동차는 아예 타 볼 기회도 없고, 노동의 대가로 받은 돈은 각종 세금과 교육비와 먹거리를 사는 데 소비하고 나면 남는 것이 없다. 지불해야 할 돈이나 이자는 두어 달만 연체돼도 독촉최고장이 날아들고, 해결하지 못하면 곧장 신용불량자로 전락하고 만다.

소비사회에서 돈은 평등과 거리가 멀다. 누군가는 필요 이상으로 많이 가진 것 같고 또 누군가에게는 절대적으로 부족한 듯하다. 하지만 자기 증식하는 욕망처럼 끊임없이 채워 넣어도 모자란다는 점에서 돈은 모두에게 평등하다. 그러나 이 사실이 어찌 위로가 될까. 백화점에 가 물건을 사고, 분위기 있는 찻집을 찾아 먹고 마시는 동안은 삶이 즐겁게 여겨져도, 돌아서 혼자 계산기를 두드리는 손에 영 힘이 빠질 때, 세상은 더 이상 달콤하지도 우아하지도 않다.

돈의 권력은 국가와 국가 사이에서 더욱 폭력을 행사한다. 세계로 뻗어가는 신자유주의는 다국적 기업을 통해 강대국을 더 강하게 만들어준다. 강대국들은 무기가 아니라, 자본의 힘으로 약소국들을 자신의 것으로 흡수 통합한다. 스타벅스, 맥도날드, 버거킹, 피자헛 등은 세계 어느 곳에나 있어서 내가 있는 이곳이 어디인지를 잊게 해준다. 세계의 시민들은 모두 정해진 매뉴얼대로 먹고 마시며 똑같이 웃고 떠들 수 있게 됐다. 이제 자본은 그 자체로 하나의 권력이 되어 우리 삶과 정신을 하나로 봉합하고 억압하고 있는 것이다.

장자의 '우물 안 개구리'나 플라톤이 말하는 '동굴 안 죄수'들이 떠오른다. "우물 속에 있는 개구리에게 바다에 대해 말해도 소용없는 것은 그 개구리가 살고 있는 좁은 곳에 사로잡혀 있기 때문이요, 여름벌레에게 얼음에 대해 말해도 별 수 없는 것은 그 벌레가 살고 있는 철에 집착되어 있기 때문이다"(『장자』「추수편」) 플라톤의 동굴 비유에서, 어릴 적부터 사지와 목을 결박

당한 죄수들은 머리를 돌릴 수도 없고, 평생 자기 앞의 그림자만 보며 살아야 한다. 그 우물 안 개구리와 여름벌레, 지하 동굴에 갇힌 죄수가 우리와 무엇이 다른가.

자본의 포악한 제도는 물질적 필요를 충족시키려는 사람들에게 만족을 줄 수 있다. 그러나 사람은 돈이나 사료로 살찌우는 짐승이 아니다. 물질적 번영과 안락은 우리를 만족시키는 것이 아니라, 오히려 비극으로 흐르게 한다. 우리가 정말 원하는 것이 뭔가? 돈 그 자체가 아니라, 성취감과 자유, 혹은 행복이라는 실질적 가치 아닌가. 아니라고? 그럼 한번 질문해보자. 색즉시공(色卽是空)에서 '돈'은 색(色)인가 공(空)인가? 본디 없는 것을 있다고 하고, 있는 것을 없다고 하였으니, 돈이야 말로 술도 아니면서 우리의 정신을 흠뻑 취하게 마비시키는 취기에 지나지 아니한가.

명품의 탄생

　명품의 탄생, 이렇게 문제 하나를 잡아보았다. 명품이 어떻게 만들어지는지, 진정한 명품은 어떨 때 탄생할 수 있는지 한번 생각해보자는 거다. 왜? 대개의 사람들이 명품 하나쯤 갖기를 소망하고 있기 때문이다. 명품은 파격(破格)을 통해 탄생하고 보편성을 통해 소멸한다.

　명품가방을 사례로 들어보자. 예전 사람들은 가방을 들고 다니지 않았다. 대개 물건을 보자기에 싸서 들고 다니는 것이 일반적이었다. 그런데 서양문물이 유입되면서 어떤 한 사람이 가방을 들고 다니기 시작했다. 이때 가방은 보자기, 즉 기존의 통념을 깨는 특별한 무엇으로 인식된다. 가방을 들고 다니는 사람은 그 특별한 가방을 자신과 동일시함으로써 자신 또한 특별하고 우월한 가치를 가진다고 믿는다. 때문에 사람들은 모두 그 가방을 가지려 한다.

여기서 가방은 그 자체로 하나의 권력이자 신분이며 계급을 과시하는 도구로서, 다수에게 폭력을 행사하게 된다. 모든 사람들이 명품가방을 가지려 할 때, 갖지 못한 사람은 열등감, 소외감을 맛볼 수밖에 없는 것이다. 그것은 명품가방을 가진 사람들 사이에도 적용된다. 명품가방을 들어서 잘 어울리는 사람, 적당히 어울리는 사람, 전혀 어울리지 않는 사람 등 그들 사이에서도 차등이 매겨지고 서열화가 생겨난다.

그러나 그 가방을 누구나 다 가지게 될 때, 가방은 더 이상 명품이 될 수 없다. 명품은 여타의 것과 비교할 수 없는 뛰어난 무엇을 의미하는 것이기에, 그것이 보편적이고 일반적인 것이 될 때 이미 명품으로서의 기능을 하지 못하게 되는 것이다. 이러한 명품은 사람에게 적용될 때 거대한 폭력으로 작용한다.

우리가 흔히 말하는 소위 명문대학이라는 곳은 아무나 들어갈 수가 없다. 명문대에 입학하는 사람은 일부이고, 그들은 어쩌면 이미 정해져 있을 수 있다. 이때 명문대는 여기에 들지 못한 사람들을 업신여기는 마음을 부추긴다. 학력(學歷)이 학력(學力)이 되는 사회에서 대학에 들어가지 못한 청년, 혹은 여타의 지방대생은 아무리 뒤떨어지지 않는 지식을 갖고 있어도 철저히 무시당하고 소외된다.

기업은 그들의 가슴에 어떤 꽃송이가 매달려 있는지, 그들의 머릿속에 어떤 별들이 반짝이는지 알지 못하면서(알고 싶어 하지도 않고) 문을 두드릴 기회도 주지 않는다. 명문대를 졸업하지 못한 청년은 명품이 되지 못하고, 명품이 되지 못한 여타의 존재들은 명품을 빛나게 해주는 하나의 부속품, 혹은 쓸쓸한 각질이거나 과다한 피지에 불과한 것으로 여기는 것이다.

이러한 인식은 진정한 명품의 기준이 무엇인지 냉철하게 판단할 여지도 없이, 명품에 대한 정의를 다시 재조명할 겨를 없이 명품과 비품의 이중구조로 사람들을 나누어 놓는다. 우대 아니 홀대의 방식으로 이중구조를 끌어나가고 구조적 모순을 양산하고 있는 것이다. 그러나 그렇게 우대되는, 즉 '좋은' 대학을 졸업한 사람들이 좋은 일생을 살고 있는지, 과연 세계와 시대를 초월하는 명품이 되어 빛나는 삶을 살고 있지는 의문이다. 왜? 명문대학을 졸업해도 결국엔 직장에 매여 (고급)노예로 사는 것이 대부분이기 때문이다.

명문대 나온 사람을 너나없이 명품으로 취급하는 우월주의는 철저히 외피, 즉 전시(展示)주의에 사로잡혀 있기에 어떤 측면에서는 천박하다고 할 수 있다. 진정한 명품은 겉이 아니라 '안에 있다. 안이 빛나야 한다. 안이 빛나면 어떤 식으로든 바깥으로 그 빛이 새어나올 것이다. 오랜 시간 소요되더라도 빛나는 안은 분명히 바깥의 어둠을 물리칠 것이다.

사람에 대한 평가도 그가 어떤 학력을 거쳐 왔는지, 그가 지금 몸담고 있는 곳이 어디인지, 그런 가치들로 매겨질 것이 아니라, 그의 안에 무엇이 살고 있는지, 그가 몸담고 있는 세계가 얼마나 정신적 기반을 구축하고 있는지 그가 결국 어떤 인간이 되기 위해 노력하고 있는지가 준엄한 잣대가 되어야 한다. 이러한 잣대가 진정한 명품을 탄생시킬 수 있으며, 이런 인재들이 국가라는 거대 공동체 속에서 각자 명품의 가치를 발휘할 수 있을 때 우리 모두의 발전도 가능해질 것이다.

왜 공부를 하는가?

　평생학습이라는 말이 있다. 초등학교에서부터 대학에 이르기까지 숱한 시간을 공부해왔음에도 불구하고 다시 대학원에 진학하거나 평생교육원에서 무엇인가를 배우고 공부하려는 사람들도 늘어나고 있다. 그런데 공부는 왜 하려는 것일까? 공부해서 뭘 하려고? 혹시 좀 더 고급노예가 되려고?

　초등학교에서 대학에 이르기까지 학생들은 대개 자신이 원해서 공부를 하지 않는다. 부모가 하라니까, 싫어도 해야 하는 것이다. 일반인들도 마찬가지다. 일반인들도 대개는 이 사회가 요구하는 기준에 부응하기 위해 공부를 한다. 평생직장이라는 개념이 무화되고 제2의, 혹은 제3의 삶을 준비해야 하는 과정에서 무엇인가를 배워놓지 않으면 불안하기 때문이다. 그러나 그것이 자신을 위한 진정한 공부라 할 수 있을까.

자신만의 공부는 기존 텍스트에 의문을 가지며 스스로 질문할 때 비로소 시작된다. 누군가의 글을 읽으며 나는 어떻게 쓸까, 누군가의 말을 들을 때 나는 어떻게 말할 것인가, 하는 스스로의 질문. 자신이 좋아하는 분야에 대한 질문이라면 그 효과는 배가 될 것이다. 가령, 별을 좋아하는 아이가 있다고 하자. 별을 좋아하는 아이는 별자리나 별에 대한 어떤 현상에 호기심을 가질 것이다. 그리고 질문할 것이다. 저것은 왜 저렇고, 이것은 왜 이럴까, 어떤 현상을 알아보려는 과정에서 우리가 미처 발견하지 못한 그 무엇을 발견하기도 할 것이다. 거기서 스스로 공부하는 즐거움을 느끼고 더 정진하게 될 것이다.

그러나 우리는 단 한 번도 이런 공부를 해 본적이 없다. 부모는, 선생은 그런 질문을 할 시간을 허락하지 않는다. 제시된 답이 정답이라면 왜 답이 될 수 있는지, 답이 아니라면 왜 답이 아닌지, 다른 방식으로 접근할 수는 없는지, 그것을 생각할 겨를도 주지 않는다. 다만 정답의 조건들을 제시하며 그것을 외우게 할 뿐이다. 정해진 답을 맞혀야 높은 점수를 받을 수 있고, 성공적인 삶을 살 수 있다고 학생들을 경쟁 속으로 내몰고 재촉한다. 선택의 여지가 없는 학생들은 그 경쟁 틀에 자신을 맞출 수밖에 없다. 그 속에서 모두는 기계에 찍혀 나오는 국화빵처럼 획일화되고, 독창적이고 자유로운 사고는 거세된다.

대학도 다르지 않다. 기업이 시장논리에 걸맞은 학생들을 배출할 것을 강요하면서 학생들은 경쟁질서에 편입된 하나의 상품이 되어버렸다. 그들을 자신의 브랜드가치를 높이기 위해 경쟁할 뿐 다른 곳에 눈 돌릴 틈이 없다. 그들에게 중요한 것은 오직 학점과 각종 시험의 급수, 그리고 자격증뿐이다. 극심한 취업난 속에서 학점의 상대평가제 도입은 대학을 경쟁체제로 몰아넣었고, 성적과 관계된 부분에서만큼은 우정도 없다. 교수와 학생, 학생과 학생간의 유대와 연대는 사라졌다.

우리는 이러한 현실을 한탄하며 사회를, 비윤리적 기업인을, 정치인을, 왜곡된 법과 체제를 손가락질하고 욕한다. 그러나 과연 그럴 자격이 있는가. 욕하는 근본 이유가 뭔가? 혹시 자신이 더 갖고 싶은 것을 덜 가졌다고 느껴서는 아닌가? 우리는 늘 내 이익부터 먼저 생각하지 않는가. 나부터 잘 돼야 하고, 나만 잘 먹고 잘 살면 된다고 생각하는 것이 바로 우리 아닌가. 입시철에 사찰로 교회로 찾아가 무릎이 닳도록 기도하는 어머니가 남의 자식을 생각하는가. 자기 자녀들에게 '함께'라는 의식을 강조한 적 있기는 한가. 이런 우리가 과연 누구를 손가락질할 수 있는가.

지식이, 학문이 타락한 것은 바로 여기에 있다. 우리가 이 사회의 기득권층, 혹은 기존 체계에 훈육돼 왔으며, 그것을 자신의 기준으로 삼고 때로 휘두르고 있기 때문이다. 진정한 공부는 체제에 순응하는 것이 아니다. 기존의 학(學)적 체제를 부수고 새로운 체제를 끊임없이 만들어가는 것. 기존체계를 고수하는 것이 아니라, 거기에 동화되는 것이 아니라, 자신만의 새로운 생각을 끝없이 펼쳐내면서 기존체제를 넘어서는 것이다. "부처를 만나면 부처를 죽이고, 조사(祖師)를 만나면 조사를 죽여라"는 임제선사의 어록이 괜히 생겨났겠는가. 학(學)이 체계로 굳어지는 한, 남의 기준을 내 기준으로 삼는 한, 자유도 창조도 없다. 자신이 하고 싶은 것, 자신의 존재 이유도 알려고 하지 않고 공부는 해서 무엇 하는가? 공부가 곧 성공의 지름길이라고 누가 말하는가?

책은 왜 읽어야 할까?

　우리는 늘 책 읽기를 강조한다. 훌륭한 사람들은 모두 독서광이었다고, 훌륭해지려면 책을 많이 읽고, 책을 통해 정신을 살찌워야 한다고 책읽기를 강조한다. 그런데 책을 왜 읽어야 할까? 우리에게 책이 왜 필요한가? 대개는 이것을 간과하고 읽기만을 강요한다. 그러나 강요된 독서는 주체적인 독서가 될 수 없다. 주체적 독서를 위해서는 책이 왜 필요하고, 왜 읽어야 하는지부터 생각해야 한다. 그렇다면 왜?

　우선 책의 특성과 그 역사적 배경부터 한번 살펴보자. 책은 문자언어를 바탕으로 구성돼 있다. 인류는 문자를 통해 새로운 정보와 지식을 받아들였고, 이를 통해 문명을 발전시켜 왔다. 문자가 없던 선사시대에는 말과 몸짓의 언어로만 표현하고 소통해 왔다. 그리고 그 '말'은 불의 발견이라는 혁명적 사건을 통해 더 자유로워졌다. 불을 발견하게 되면서 인류는 고기를 익혀 먹기 시작했고, 익혀 먹으면서 날것을 먹을 때보다 더 많은 양을 섭취할 수 있게 됐다. 이것은 구강구조를 확보하는 역할을 했다. 고기를 씹을수록 입 안의 공간이 넓어져 혀의 움직임도 자유로워졌고, 자연스레 말도 자유로이 할 수 있게 된 것이다.

이때 섭취한 단백질은 인간으로 하여금 전략적인 생각도 가능하게 했다. 신석기 시대에 이르러 타제석기를 마제석기로 사용했다는 것은 이를 증명하는 것이라 할 수 있다. 뗀석기를 간석기로 만들어 사용하면서 인류는 동물사냥과 고기잡이도 좀 더 쉽게 할 수 있게 된 것이다. 그러다 청동기시대에 이르러 유목생활을 청산하고 들에 씨를 뿌려 곡식을 얻게 되면서 인류는 정착생활을 하게 된다. 농업이 본격화되면서 농사에 필요한 정보량이 과거와는 비교할 수 없을 정도로 늘어났다.

문자는 이 시기에 출현했다. 문자의 출현은 청동기시대 농업혁명과 일치한다. 농사를 짓기 위해 필요한 많은 정보는 인간의 말과 기억만으로는 감당할 수 없기에, 문자가 필요했고, 문자를 발명함으로써 기억을 저장할 수 있게 된 것이다. 이것은 국가의 기원이자, 잉여생산물을 자기 핏줄에게 상속하는 일부일처제의 기원이 되기도 했다. 이후 활자 발명과 구텐베르크의 활판인쇄기 발명은 문자를 통해 인류혁명을 촉진하는 계기를 마련한다. 산업혁명을 거쳐 정보화 시대에 이르기까지 문자는 엄청난 정보를 저장, 재생, 보급하는 기능을 담당해 왔다.

문제는 이 과정에서 문자를 생산, 보급해 온 주체가 누구인가 하는 것이다. 그 주체는 말할 것도 없이 언제나 식자층, 지배계급, 강자(남성)들이었다. 이 주체들이 새로운 담론과 새로운 정보, 지식을 생산하는 중심이 되어 다수 일반에게 자기 생각을 전달해 온 것이다. 그러니까 책 속에는 그것을 기록하는 자의 인식이 깃들어 있고, 그 이면에는 타인을 깨우치고 가르쳐 훈육한다는 주체중심의 계몽정신이 깃들어 있는 것이다.

책을 읽을 때는 바로 이 점을 유의해야 한다. 책을 생산하는 자는 어떤 문제(주제)에 대한 자기생각을 기록으로 남기지만, 그 기록은 책을 생산하는 주체의 생각일 뿐, 다수의 생각이라고 할 순 없다. 그것이 보편성을 얻는다 하더라도 그 진리는 기록하는 그 당시까지만 진리일 뿐 영원한 진리가 아니다. 글을 쓰는 순간에도 세계는 계속하여 변하고, 그 진리와 가치 기준 또한 계속 변한다. 따라서 책을 읽을 때는 작가의 생각과 가치관이 나와는 어떻게 다른지, 이것을 염두에 두어야 한다. 우리가 책을 읽는 것은 주인공이나 작가의 생각을 그대로 따라하거나 흉내내기 위해서가 아니다. 그들이 속한 시대상황과 생각, 태도의 차이를 이해하고 스스로를 돌아보기 위해서 읽는 것이다.

역사 발전의 과정에서 지금과 유사한 사건, 상황이 있었다면, 그 시대의 사람들은 당대 상황을 어떻게 해석하여 대응해왔는지, 그것을 읽고 이해하면서, 나는 과연 내 삶을 어떻게 살아갈 것인지, 내 개인의 역사는 어떻게 써 나갈 것인지, 나만의 기준, 가치, 신념을 세우기 위해 필요한 것이 책이다. 이러한 생각을 하지 않고, 마냥 책을 읽기만 한다면 우리는 주체적인 삶을 살아갈 수 없을 것이다.

그러나 그보다 더 큰 문제는 최근에는 아예 책을 읽지도 않는 상황이 늘어났다는 것이다. 문자의 의미가 약화되고 영상이미지가 세계를 주도하면서 책을 읽는 이가 드물어졌다. 물론 전자책은 쏟아져 나오면서 이를 활용하는 이들은 있다. 그러나 전자책은 사색을 하는 데는 한계가 있다. 이미지 중심의 글은 음악(청각)을 동반하거나 중요한 의미에 색(시각)을 덧입혀 표현되기도 하기 때문에, 주요내용에 대한 판단은 시각적 감각적 판단에 따를 수밖에 없고, 기계의 속도에 휩쓸리게 되면서 천천히 읽고 깊이 생각하며 자기를 성찰할 시간도 부족해진다. 때문에 인문적 사유를 할 겨를도 없고, 비판적 인식이나 상상력도 사라져간다. 그래서 인정도 더 메말라 서로 칼칼한 고독 속에서 살아가는지도 모른다.

책은 타인이 기록한 진리이자, 그의 세계 해석 방식에 불과하지만, 내가 나로 살아가는 데 참고가 되는 중요한 요소이다. 스스로를 생각하고, 생명이라는 것을 생각하고, 인생이라는 것을 생각하고, 삶의 보람이라는 것을 생각하고, 자기 삶을 살아가는 방법을 생각하는 것은 모두 타인을 이해하는 데서 나온다. 깊은 이해는 바쁘고 빠르게 사는 삶 속에서는 결코 가능하지 않다.

여유를 가지고, 한 장 한 장 넘기면서 중요한 구절에 밑줄도 긋고 때로 낙서도 해가면서 작가의 생각에 공감하고, 의심하여 질문도 하고, 새롭게 상상하는 가운데 가능해진다.

삶의 맛도 이렇게 질문하는 데서, 스스로 답을 찾으려는 곳에서, 자기를 자기대로 만들려는 창조적 상상력 속에서 얻어진다. 잉크 냄새와 함께 만져지는 책의 질감, 침을 발라가며 천천히 한 장씩 넘기는 책 속에서 삶의 여유를 회복하고, 자기를 돌아보는 시간을 가지는 것, 활자들이 만들고 있는 정신의 대로를 통과해 보는 것, 이것은 자신만의 길을 열고, 더욱 의미 있는 삶을 살아가기 위해 꼭 필요한 것이며, 사실 이것이 책을 읽어야 하는 가장 큰 이유다.

사라져가는 대학문화

대학문화는 청년 대학생들이 서로 연대하고 공유하는 문화라고 할 수 있다. 다시 말해 기성세대의 문화가 아니라, 이 시대의 젊은이로서, 대학생이 주인공이 되어 그들 스스로 만든 문화가 바로 대학문화라는 것이다. 그런데 요즘은 이 대학문화의 의미가 사라져 가고 있다는 느낌을 지울 수 없다. 왜냐하면 '함께'라는 공동체의식이 붕괴돼 가고 있기 때문이다.

과거 7,80년대까지만 해도 이렇지 않았다. 사실 이전까지 대학은 '학문을 공유하는 상아탑' 그 이상의 몫을 대학생들에게 요구했다. 대학은 학생들 스스로가 주체가 되어 자기 사상을 표출하고, 시대 변혁의 실현을 위한 투쟁의 장이었으며, 그 속에서 학생들은 시대와 사회문제를 '함께' 고민하고, 삶의 변화를 추구하면서 기성질서에 저항해왔다. 그래서 당시의 대학문화를 '시위문화'라고 말하기도 한다.

물론 개중에는 시위보다 낭만적 자유에 관심을 둔 학생들도 있을 줄 안다. 그러나 그들이 즐겼던 청바지, 장발, 통기타, 선글라스 등도 기실 기성세대에 대한 반발에서 비롯된 것이다. 가령, 청바지라는 것도 원래는 미국 카우보이의 복장이었다. 어른들의 눈으로 보자면 점잖지 못한 청바지는 7,80년대 청년들의 상징물이었다. 그러니까 청바지라는 것도 단순히 옷이 아니라, 당시 억압적인 상황에 대한 저항의 의미가 포함돼 있는 것이다.

이러한 문화가 집단적으로 표출되고 저항운동이 적극 시도되면서 기성질서에 균열이 나기 시작했고, 이에 따라 민주화라는 빛을 잠시간 비추기도 했다. 여기에 서구의 냉전체제가 무너지는 세계사적 변화도 한 역할을 담당했다. 이러한 결과 90년대에 이르러서는 대학문화에서 이전의 '이념성'이나 '정치성'은 사라졌고, 대학구성원들은 개인화, 자율화되었다.

그러나 민주화의 진전, 새로운 정권의 탄생, N세대의 등장과 일상화된 소비문화는 대학문화를 빠르게 변화시켰다. 90년대 말 이후 대학은 지식을 생산하는 '공적' 공간이 아닌 취업시장을 통과하기 위한 사적 공간으로 인식되기 시작한 것이다. 대학주변은 새로운 소비문화 공간에 포위당했고, 그 공간에서 대학생들은 대중문화나 상업문화에 일방적으로 흡수되어가고 있다. 기업들이 대학에 기업에 맞는 인재를 양성하지 못한다고 비판하면서, 대학의 목표는 어느덧 취업에 자리를 내주었고, 이제 학생들은 학점 4.0과 토익 900의 인플레 속에서 누구도 자유롭지 못하게 됐다.

시험 기간이면 학점을 잘 받기 위해 부정행위도 서슴지 않는다. 학기가 끝날 때쯤 공개되는 성적은 학생들과 교수 사이에 한바탕 소동을 불러일으킨다. 애교형, 눈물형, 찔러보기형, 부모님동원형까지 학점경쟁을 향한 그들의 노력은 끝이 없다. 이 같은 과도한 학점경쟁을 대학생들은 살아남기 위한 몸부림이라고 말한다.

4년 동안 학교를 다녀도 친구 없이 혼자 지내는 '혼밥족'이 늘어가고, 술자리를 갖거나 동아리활동을 하는 학생들을 보기 어렵다. 졸업과 동시에 실업자로 전락하는 젊은이들의 절박한 심정을 알기에, 교수들은 끈끈한 인간관계만을 강요할 수도 없고 다양한 책을 접하라고 권할 수도 없다. 특히 청년실업이 갈수록 심화되어가고 있는 요즘은 이런 경향이 더욱 심해지고 있다.

이것은 사회구조적인 문제이기에 학교나 학생들의 노력만으로는 해결하기 어렵다. 그러나 학생들 스스로가 주체로서의 자기 의사를 표현하지 않는다면, 자기만의 창조력 자율성을 회복하려하지 않는다면 문제 해결은 요원하다. 생각해보자. 우리 삶의 목표가 정말 취업에 있는지. 우리가 바라는 것이 노예적 삶인지. 자유롭고 행복한 삶은 결코 자본(돈)만으로 얻을 수는 없다. 취업공부를 하느라고 대학생활을 불행하게 보내는 것은 깊이 생각해봐야 한다. 지금의 불행이 미래에 행복을 가져다준다는 보장이 어디 있는가.

지금 젊은 학생들은 기성세대처럼 세상을 옳고 그름으로 판단하지는 않지만, 좋다/싫다는 기준은 분명하다. 재미있고 신나는 일이 있으면 모인다. 모여서 자신이 좋아하는 것, 자신의 이야기를 토로하고, 그런 가운데 함께할 무엇을 생각해 낸다면, 우리의 대학문화도 다시 되살아나지 않을까 싶다. 학생들 모두가 각자 대학문화를 생산하는 주체라는 인식을 가지고 적극적인 행동을 취할 때, 대학문화는 진정한 자유와 개성, '다양성'을 담보한 새로운 문화로 탄생할 수 있을 것이라 생각된다. 이러한 분위기가 사회로 확장된다면, 우리사회도 분명 새롭게 변화해 갈 것이라 믿는다.

연애도 스펙?

지금 한국 대학생들은 어떤 연애를 할까? 혹시 낭만과 성폭력 사이의 그 어디쯤에서 표류하고 있지는 않을까? 그도 그럴 것이 대학사회 안에서 일어나는 성폭력 거의 대부분이 고전적이고 낭만적인 연애방식으로 이루어지고 있기 때문이다. 신입생 오리엔테이션이나 새내기 배움터, 혹은 동아리 MT 등에서 일어나는 성폭력의 거의 대부분은 (선배)남학생이 마음에 드는 (후배)여학생에게 폭음을 강제한 이후에 생겨난다.

그러나 서로 협상과 합의 없이 이런 방식으로 시작된 연애는 사랑도 연애도 아닌 그저 폭력일 뿐이다. 그럼에도 이러한 서사가 지금도 여전히 일어나고 있다는 사실은 2000년대 한국사회에서 사랑이 아직 상호 인정과 배려·존중을 기반으로 한 평등과는 동떨어진, 낭만적 사랑에 머물러 있음을 의미한다.

18세기, 영화산업이 발전하면서 확산된 낭만적 사랑 이야기는 남녀의 자유연애, 혹은 성역할에 대한 일대 전환을 가지고 왔지만, 성폭력을 오히려 강화하는 역할을 했다. 이성교제 장소가 집이 아닌 상업공간으로 옮겨지면서 교제비용은 주로 남성이 지불하게 되고, 이에 따라 남성의 힘(경제력)이 더 강화된 것이다.

때문에 호스챠일드는 사랑을 문화적 이데올로기로 규정하기도 한다. 사랑은 학습의 결과로 사회문화가 조장하는 측면이 강하여 상상이나 환상을 불러일으킨다는 것이다. 대중매체는 이러한 환상을 극도로 미화시키며 여성의 몸을 대상화하고 성을 부추기는 상업주의적 특성을 드러내고 있다.

현대 대학생들의 사이에서 확산되고 있는 '과잉소비중심의 연애'도 대중매체의 영향에서 자유로울 수 없다. TV 예능프로그램이나 드라마에서 연출되는 남성주인공의 여성에 대한 프로포즈는 대개 '이벤트' 기획·연출을 통해 이루어지며, 이것이 일반적인 현상으로 받아들여지면서 학생사회에도 확산되고 있는 것이다. 최근 지방 출신의 어느 가난한 남자대학생은 자신의 여자친구에게 '명품'을 선물하기 위해 장기와 피를 팔았다는 말도 들린다. 이벤트 중심의 연애는 비단 대학생들에게만 있는 일이 아니다.

초등학생, 중학생들도 이른바 '이벤트기념일'이 일 년 내내 있다고 한다.(김은경 외, 『가정폭력』, 한울아카데미, 2009) 일반적으로 알고 있는 발렌타인데이나 화이트데이는 기본이고 로즈데이, 키스데이, 허그데이, 머니데이도 있다. 투투(사귄 지 22일)데이, 50일, 100일 기념일도 이어진다. 이같이 연중행사처럼 치러지는 기념일은 대학생들이 왜 '이벤트' 중심의 연애에 그토록 강하게 얽매여 있는지 알게 해준다. 10대 때부터 익숙한 이벤트 중심의 연애는 결국 용돈의 규모가 커지거나 한 달에 수십만에서 백만 단위의 돈을 벌 수 있는 대학생들에게 소비중심의 연애 '프로젝트'를 만들게 하고 있는 것이다.

그 과정에서 이른바 '남성피해론'도 등장하고 있다. 연애의 과정에서 남성들이 경험하는 경제적 손해와 불평등을 이야기하고 있는 것이다. SNS에서 여성들을 '된장녀, 명품녀, 먹튀녀' 등 개념 없는 과잉소비의 주체로 언설화하는 담론도 그래서 끊이질 않는다. 어쩌면 이벤트 중심으로 과잉소비를 하는 커플들은 의식적이든 무의식적이든 남성의 명품과 여성의 '몸'이 등가교환이라고 생각할지 모른다. 그러나 시장질서에 기초한 연애는 신자유주의 혹은 남녀 모두에게 폭력을 행사하는 남성중심주의 사고에 포획된 연애에 불과하다.

사랑은 진실한 마음과 친밀성을 나누는 관계에서 그/녀들만의 이야기가 있어야 한다. 허나 자유와 선택을 핵심가치로 하는 신자유주의 시장질서는 학생들의 연애에 그런 서사화 스토리를 허락하지 않는다. 자기계발이라는 신자유주의 시대적 언명은

'특별한 자기'를 만드는 것이기 때문에, 최고는 아닐지 모르지만 남과 확연이 다른 '튀는'자기, 남들을 흉내 내서도 안 되는 남들이 흉내 낼 수도 없는 이벤트 중심의 '스펙 전쟁'을 낳는다. 그러나 유감스럽게도 거기 특별함이란 없어 보인다.

특별함을 추구하는 그 자리에 '매뉴얼'이 차지하면서 모두가 유사해지는 결과를 낳고 있기 때문이다. 그 매뉴얼은 '이벤트'라는 이름으로 달력에 그려진 별표를 따라 화려하게 더 크게 실행되지만, 결국 일상에서 서로에 대한 이해 배려 존중 감동 같은, 상대가 그/녀이기 때문에 얻을 수 있는 진한 여운과 두 사람이기 때문에 만들 수 있는 서사들은 사라진다. 오늘 이벤트를 마련하려는 남자(대학생) 혹은 여자(대학생)들은 이것을 기억해주길 바란다.

왜 일하는가?

근대 이래로 우리는 강력한 '일의 신화'에 사로잡혀왔다. 개미와 배짱이의 우화는 이를 단적으로 보여준다. 한여름 내내 빈둥거리며 게으름을 부리다 쓸쓸하게 죽는 베짱이와 부지런히 땀흘려 일해 추운 겨울을 따뜻하게 보내는 개미를 통해 일하지 않는 자의 비참한 말로와 일하는 자의 희망적 미래라는 극명한 대비를 보여준다. 이 우화는 '일하지 않는 자여, 먹지도 말라'는 일견 당연한 듯도 보이는 메시지를 전달함과 아울러 별일 없이 빈둥거리는 자의 최후를 보여줌으로써 하루도 일 없이 살지 않기를 우리에게 강력하게 제시하고 있다.

'시간이 없다'는 말을 밥 먹듯이 숨 쉬듯이 되뇌며 끊임없이 일하는 현대인들의 자화상을 보면, 이 메시지가 얼마나 교조적 영향력을 발휘해왔는지 알 수 있다. 물론 누구나 일은 해야 한다.

놀고먹는다는 것은 남의 노동력을 착취하는 것과 같은 의미이기에, 남을 위해서도 자기 생존을 위해서도 일은 해야 한다.

그런데 문제는 그 일이란 것이 늘 돈과 연결된다는 것이다. 우리는 '돈 버는 일'만 일로 생각할 뿐, 그 밖의 일은 일이라고 생각하지 않는다. 가령, 집안 청소를 한다거나, 가족들이 입을 옷을 만든다거나, 텃밭의 채소와 야채를 기르는 일 정도는 일로 취급하지 않는 것이다.

돈이 되지 않는 일을 하는 사람은 게으르고 아무것도 하지 않는다는 식의 윤리적 가치판단이 가해지기 때문에, 사람들은 필사적으로 돈을 벌려고 하고, 이를 위해 자신의 경쟁력을 높이려 한다. 돈을 많이 번 사람은 돈을 지출할 수 있는 능력을 갖추었다는 점에서 매우 힘 있고 자유로운 존재인 것 같지만, 사실은 문화자본이 유포하는 이데올로기에 포섭된 존재라고 할 수 있다. 자본주의 시대의 권력, 가치, 규범, 이데올로기를 실현하는 존재가 어찌 진정한 자유인이라 할 수 있겠는가.

자본주의는 어찌 보면 종교와도 같다. 종교는 원죄, 혹은 속죄의 개념으로 우리를 평생 일하게 한다는 점에서 자본주의의 물신(物神)과 다르지 않다. 기독교에 의하면 삶이란 즐기는 일, 노는 일, 노래나 춤이 아니라, 우리의 원죄, 우리가 스스로 짓지도 않은 원죄를 씻어야 하는 고행의 기간이요, 처벌을 받는 기간이다. 우리는 마치 범행을 저질러서 인생이란 감옥에 잡혀들어 벌금을 내고 처벌받으며 일을 해서 죄를 씻는 죄인과 마찬가지다. 이러한 기독교의 인생관은 니체가 지적하고 공격했듯이 결국 인생을 부정하는 반생명적 인생관 죽음의 인생관이다.

불교도 마찬가지다. 불교는 비록 죄라는 관념을 인정하지 않지만 기독교와 마찬가지로 인생을 하나의 준비과정, 보다 만족스러운 세계에서의 삶이란 목적을 달성키 위한 수단으로 본다. 옳게 업(業)을 쌓아서 하루 바삐 열반의 세계로 옮겨가는 준비기간이 인생이다. 인생을 '업을 쌓기 위한 기간'으로 보면 불교는 인생을 작업, '일'로 본다. 인생은 마치 생존에 필요한 월급을 받기 위해 하기 싫어도 억지로 해야 하는 '일'과 같다. '일' 그 자체가 미덕이 되어 일을 하게 되는 것이다. 그래서 더 일을 해야 한다는 생각이 들게 되고 어떤 경우에는 일 자체가 목적이 된다. 그래서 업적이 많은 인생을 보람 있는 것으로 여기게 된다.

이러한 이른바 성공주의 업적주의는 우리 사회를 지배하는 자본주의적 사고방식과 다르지 않다. 그러나 어째서 일이, 어째서 성공, 또는 업적 자체가 인생의 목적인가? 어째서 놀고 즐기는 그 자체가 나쁜가? 일은 어디까지나 일이지, 놀이가 아니다. 일은 그 자체 즐거운 것이 될 수 없다. 우리는 무엇 때문에 일하고, 무엇 때문에 성공하고, 무엇 때문에 업적을 쌓아야 하는가? 어째서 인생은 그 자체가 놀음이나 즐거움, 웃음이 되어서는 안 되는가?

기실 우리는 놀고먹기 위해 일하는 것 아닌가? 아무것도 하지 않는 데서 어떤 즐거움을 느낄 수 없듯 힘든 일도 궁극적으로는 즐거움을 누리기 위해 하는 건 아닌가? 이 세상에서, 오직 하나밖에 없는 이 삶에서는 그것을 즐기는 이외에 아무 목적이 없다고 보는 노장의 인생관은 그런 의미에서 우리에게 많은 것을 생각하게 한다. 노장의 일은 속죄를 과업으로 하는 기독교적 일이 아니고, 업을 이념으로 하는 불교적 일도 아니며, 권력을 강조하는 현대자본주의적 일도 아니다.

노장에서 말하는 일은 놀이다. 누가 시켜서 하는 것이 아니라, 기계처럼 일만 하여 업적을 쌓는 것이 아니라, 무미건조한 삶을 활기 있게 만들어 주는 일, 힘들게 땀 흘려 노동한 뒤에 즐거움을 맛보는 일, 이것이 진짜 일이다. 자신이 하고 싶은 일, 좋아하는 일을 놀이처럼 하다보면 돈도 따르게 되어 있다. 비록 큰돈이 되지 않을지라도, 최소한 돈의 노예로 살아가지는 않을 수 있다. 이것을 모르고 도대체 일은 왜 하는가? 일을 해서 궁극적으로 얻으려는 것이 과연 무엇인가?

자연친화적 삶을 위하여

기상이변으로 인한 재해가 속출하고 있다. 지난 2011년 일본 후쿠시마를 강타한 지진해일은 가옥과 산업시설뿐 아니라, 원자력발전소를 덮치면서 엄청난 희생자를 만들어냈다. 당시 뉴스는 사망자와 실종자를 미루어 1만 명이 넘을 것으로 추정했다. 그러나 실제 희생자 수는 그보다 훨씬 더 많을 것이라고 한다. 기상이변이 이에 그치지 않을 것임을 확인시키려는 듯이 최근 우리나라에서도 이상기온과 지진으로 인한 피해가 속출하고 있다.

유난히 더웠던 올해 여름, 폭염은 수많은 농수산물에 피해를 입혀 우리의 먹거리를 위협해왔고, 잇달아 경주를 중심으로 발생한 지진은 수도권이나 다른 지역에서도 느낄 만큼 강도 높은 파장을 일으키며, 지금도 사람들을 불안과 공포에 떨게 하고 있다. 이런 기상이변의 가장 큰 원인은 역사상 어느 때보다 빠르게 더워지고 있는 지구온난화와 지구 내부의 급격한 지각변동 때문일 것이다.

그러나 그 주된 원인 제공자는 자연이 아니라 인간이다. 더 편안히 살기 위해 도시를 건설하고, 화석연료에 의존한 산업경제를 발전시키고, 땅속을 파헤쳐 지하수를 개발하고, 강과 바다와 숲을 파괴하여 관광지를 만드는 우리의 그 행위가 생명공동체를 붕괴시키고 우리 삶에 위기를 몰고 온 것이다. 한 치 건너 두 치라고 이제 일본 지진해일은 우리나라의 일이 아니니 다행이라고 한숨 돌리고 잊어버릴 일이 아니게 되었고, 이상기온 역시 우리의 식(食)생활과 직·간접적으로 연결돼 있다는 점에서 불구경하듯이 할 일은 아니게 되었다.

특히 환경-생태 문제는 우리의 몸으로 체감하지 못하는 경우가 많다는 점에서 더 큰 문제다. 물론 환경-생태문제를 염려하는 사람마저 없다는 것은 아니다. 옛 소련의 체르노빌 참사 이후 지식인들은 생태문제에 대해 심각하게 고민하기 시작했고, 90년대 중반 이후부터는 이 문제가 담론으로 떠오를 만큼 중요 화두가 되었다. 녹색연합을 비롯한 환경단체뿐 아니라, 문학 장르에서도 생태문학이라는 용어가 생겨날 정도로 생태문제에 관심을 둔 학자들도 많아졌다.

그런데 지식인의 가장 큰 문제는 머리로 생각은 하는데 몸이 따라주지 않는다는 것이다. 생태문제에 관심을 가진 지식인들은 기본적으로 생태계 질서를 파괴하는 모든 형태의 문명과 생활양식에 대해 항의하고, 환경파괴나 생태계 파괴의 위기를 근원적으로 넘어서기 위한 대안을 모색하려는 입장을 취한다. 그러나 일상에서 실현하는 경우는 드물어 보인다.

자기 집안의 가전제품들, 특히 냉장고는 일반가정에서도 기본적으로 2, 3개씩 마련돼 있다. 먹거리를 저장해 놓기 위해서다. 물론 살아있는 동물은 무엇인가를 먹을 수밖에 없다. 식물들은 광합성작용을 통해 다른 생명을 해치지 않고 살아갈 수 있지만, 동물은 다른 생명을 먹어야 자신의 생명을 이어갈 수 있다. 그러나 다른 동물들은 먹이를 저장하지 않는다. 생명의 지속을 위해 다른 동물을 포획하게 되더라도, 그것을 혼자 다 먹지도 않는다.

그러나 인간은 냉장고에 저장해두고 필요에 따라 꺼내 먹을 뿐 남과 나눠먹을 생각은 하지 않는다. 냉동실 문을 열면 3,4년이 지난 식재료도 흔히 발견된다. 그리고 그것은 그냥 그대로 음식물 쓰레기통에 버려진다. 생태문제를 진정으로 걱정한다면 최소한 이 지점에 주목해야 할 것이다. 입으로는 생태운동, 생태운동 걱정하면서 몸은 그 걱정을 만들고 있다면 그런 자가당착이 어디 있겠는가.

언젠가 문인들이 어울린 자리에서 어느 한 시인에게 물었다. "선생님, 바쁘게 다니시는데 소형자가용이라도 한 대 구입하시지요?", "아유 선생님, 저는 환경문제에 관심을 가진 사람이라,

최소한 자가용은 타고 싶지는 않습니다." 이후 그 말은 불쑥불쑥, 특히 혼자 차를 운전하고 다닐 때면 폐부를 찌르곤 한다. 물론 모든 사람들이 자가용을 타고 다녀선 안 된다고 말하는 것은 아니다. 바쁜 업무를 보아야 할 때 자동차는 시간을 절약하는 데 도움을 주기 때문이다.

허나 각자가 자동차를 다고 다니는 시대가 되었다고 해서 우리가 더 많은 시간을 누리게 되었다고 할 수는 없다. 차가 없었다면 가지 않을 더 많을 곳을, 더 먼 곳을 자동차로 움직이며 번잡하게 사느라고 나 자신을 돌아볼 기회조차 없다. 그러니 최소한 생태계의 위기를 걱정하는 사람들만이라도 되도록 혼자 승용차 타는 횟수를 줄이고 쓸데없이 먼 길을 나다니는 일을 줄여야 할 것이다.

소비를 먹고 기하급수적으로 몸집을 부풀리는 자본의 원칙만이 전 지구를 휩쓰는 시대, 자본에 눈 먼 우리는 우리를 절멸시키는 길로 빠르게 내달리고 있다. 최소한 이 속도를 늦추는 일, 궁극적으로 이 길에서 벗어나도록 노력하는 것이 지금 우리의 몫이라면, 나부터 그걸 실천에 옮기도록 노력해야 할 것 같다. 지구의 지속가능성이라는 거시적인 문제가 아니라, 우리 자신을 위하여 불편함을 감수하면서라도 현재의 생활태도를 바꿔 소비를 줄여나가는 것이 무엇보다 중요할 것이다. 마음먹어도 나날의 삶에서 실천하지 않는다면 그 깨달음은 결단코 깨달음이 아니고, 허위에 찬 위선일 뿐이다.

SNS의 그늘

오늘날 우리 일상을 장악하고 있는 것은 무엇일까? 눈에 보이지 않는 어떤 체제나 이데올로기가 아니라, 눈에 보이는 것 가운데 우리를 지배하고 있는 것은? 어쩌면 가장 강력한 것은 스마트폰이 아닐까 싶다. 스마트폰은 더 이상 전화기가 아니다. 전화기는 단순히 통신을 할 수 있는 도구에 불과하지만, 스마트폰은 다양한 정보도 공유할 수 있는 새로운 매체다. 지하철 안에서든 버스 안에서든 관공서에서든 학교에서든 우리는 언제 어디서든 정보를 교환할 수 있고, 음악도 들을 수 있으며, 문자 메시지를 전달할 수도 있다.

SNS 활동을 통해 특정한 관심이나 활동을 공유하는 사람들끼리 관계망을 구축할 수도 있다. 트위터나 페이스북, 카카오톡,

카카오스토리 등을 통해 짧은 메시지를 보낼 수도 있고, 사진이나 이모티콘을 사용하여 자기 생각을 좀 더 간편하게 전달할 수도 있다. 그것은 다른 사용자들에게로 실시간으로 전달되기도 한다. 뿐만 아니라 낯선 사람들과 친구 맺기도 가능하고, 그들과 다양한 지식을 공유할 수도 있다. 때문에 SNS를 흔히 새로운 토론의 장이자, 심심할 사이가 없는 놀이터라고도 한다.

우리는 밥을 먹을 때, 수업 중에, 친구와 마주 앉아 대화를 할 때, 심지어 잠을 잘 때도 스마트폰을 놓지 않는다. 어른이건 아이건 할 것 없이 저마다 고독한 섬처럼 고개를 파묻고 스마트폰을 자기 몸 가까이 바짝 끌어당긴다. 스마트폰은 그만큼 강력한 소통의 도구이자, 공공의 사교장이 된 것이다. 그런데 스마트폰으로 진정한 소통이 가능할까? 우리가 정말 '통신(通信)'하고 싶어 하는 사람은 누구일까?

스마트폰은 하나의 매체다, 나와 네가 관계를 맺을 수 있게 중간역할을 하는 소셜(social) 미디어. 이 용어에 한번 주목해 보자. 미디어(media), 즉 매체는 나와 너 '사이(間)'에 놓여 있다. 사람(人)과 사람(人) 사이(間), 이(人間) '사이(間)'에 무엇이 놓이느냐에 따라 우리의 관계는 완전히 달라질 수 있다. 그것은 언어(문자)가 될 수도 있고, 취미생활이 될 수도 있고, 자식이나 병든 부모, 스마트폰, 블로그 등 많은 것이 포함될 수 있다.

가령, 너와 나 사이에 놓인 것(매개체)이 취미생활이라고 하자. 공통된 취미생활은 너와 나를 하나로 연결시킨다. 그러나 어느 한쪽이 취미를 달리하여 관심이 끊게 되면 관계는 끝난다. 반면 그 관계가 강화될 경우, 예를 들어 나(A)와 너(B)를 벽돌이라고 했을 때, A벽돌과 B벽돌이 서로 연결되려면 이 둘을 연결시키는 접착제(시멘트)가 있어야 한다. 접착제로 벽돌의 사이를 붙였을 때 두 벽돌은 서로 연결된다. 그러나 이때 벽돌의 관계는 하나로 고정되거나 고착되어버리기 때문에 유연한 관계를 맺을 수 없다.

진정한 만남은 두 벽돌이 부서져 가루가 될 때 가능해질 것이다. 매개를 제거하고 서로 뒤섞일 때 가능해진다는 의미다. 연리지를 한번 떠올려보자. 뿌리가 다른 나뭇가지들이 서로 엉켜 하나의 나무처럼 자라는 연리지는 흔히 남녀 간의 사랑에 비유하여 회자되기도 하지만, 사랑이 만남을 전제하고, 이 또한 이별을 전제하는 것이라면, 연리지는 만난 것도 아니고 헤어진 것도 아니다. 만남에는 이별의 절절함이 따라야 한다. 그러나 연리지는 만남도 이별도 없다.

매체를 통한 만남, SNS 활동도 마찬가지다. 늘 만나고 있는 것 같지만 만난 것이 아니고, 늘 떨어져 있지만 완전히 떨어져 있는 것도 아니다. 매체는 우리를 연결시켜주는 것처럼 보이지만, 공통된 취미가 있어서 늘 함께하는 것처럼 보이지만, 끝내 가장 가까운 거리에서 떨어지게 한다.

우리 '사이(間)'에 놓인 매체, 그 매체를 통해 주고받는 문자(언어)나 이모티콘으로 서로의 마음을 얼마나 전달할 수 있을까.

순간순간 변하는 나의 표정과 몸짓, 내 체온을 전달할 수 있을까. 혹시 우리는 불필요한 필요를 끊임없이 창출해야 살아남을 수 있는 소비자본주의의 소비를 위해 적극 동원되는 꼭두각시는 아닐까.

누군가와 '연결'되어 있지 않으면 불안해지는 우리, 정말 연결되어야 할 이는 나 자신이 아닐까. 스스로도 만나지 못하고, 너와도 직접 만날 수도 없으면서, 간접(間接)만남을 지속하는 우리, 이렇게 연결돼 있는 것이 과연 우리의 행복에 얼마나 기여하는 것일까.

습관적 삶

우리에게 습관이란 무엇일까? 습관에 대해 알아보기 위해 일부러 사전을 펼쳐들 이유는 없겠으나, 펼쳐들지 못할 이유 또한 없으니 이 기회를 빌려 잠시 살펴보도록 하자. 사전에서 습관은 오랫동안 되풀이하여 몸에 익은 채 굳어진 개인적 행동으로 정의된다. 즉 습관은 어떤 행동을 규칙적으로 계속 되풀이함을 의미하는 것이다. 그렇다면 이 습관이 인간에게만 있는 허락된 것일까.

그렇지 않다. 습관은 살아있는 모든 생명체에게 다 있다. 식물의 습관은 때에 맞춰 꽃을 피우고, 또 때에 맞춰 수정하며, 또 때에 맞춰 열매를 맺고, 또 때에 맞춰 씨를 생산하며 또 때에 맞춰 이 씨가 자라나 다시 꽃을 피우고, 다시 수정하며……, 이렇게 식물도 규칙적인 리듬에 따라 같은 일을 되풀이 한다. 동물이나 인간도 마찬가지다.

습관은 우리로 하여금 때에 맞춰 밥 먹고 때에 맞춰 똥 누며 때에 맞춰 사랑(성교)하는 일을 되풀이하도록 만들며, 때에 맞춰 출근하고 때에 맞춰 일하며 때에 맞춰 퇴근하는 일을 되풀이하도록 만든다. 나의 유기체적·사회적 삶을 가능하게 해주는 습관, 내가 나를 사는 환경 속에 정착하게 해주는 습관 속에서, 나는 이처럼 같은 일을 규칙적인 리듬에 따라 되풀이하며 사는 것이다.

이런 습관적 삶을 데카르트는 기계적으로 움직이는 '몸(신체)'의 의미와 연결하여 정신적인 것에 비해 열등한 것, 비천한 것, 가치 없는 것으로 폄하하고 있다. 그런데 이러한 몸, 혹은 습관적인 삶이 과연 나쁘기만 한 것일까? 들뢰즈에 따르면 습관이란 인간으로 하여금 항상 똑같은 지점(시점, 때)들을 경유하여 처음에 출발했던 시작점으로 다시 되돌아오는 것을 매번 되풀이하는 시간을 살게 만든다.

습관에 따라 사는 시간이란, 습관에 의해 이뤄지는 시간이란 매번 똑같은 지점을 지나 시작과 끝이 일치되도록 돌아오는 순환적인 원운동을 그리는 것과 같다. 그런 점에서 습관은 결코 긍정적으로만 볼 수는 없다. 판에 박힌 듯한 적응과 반복, 정신이 배제된 몸만의 반복행위는 어떤 모험도 새로움도 기대할 수 없기 때문이다.

그러나 한편으로 생각하면 습관이 꼭 나쁜 것만은 아니다. 식물의 습관에서 보듯 좋은 습관은 우리 삶을 생산적으로 이끌기도 한다. 때에 맞춰 생명의 씨를 뿌리는 식물이 바람과 비와 빛을 따라서 더 멀리로 가까이로 흩어져 또 다른 생명을 키워내듯, 매일 아침 일찍 일어나 집안을 청소하거나, 매일 같은 시간에 글을 쓰거나 일을 하는 것은 새로운 무언가를 만들어낼 수 있다는 점에서 긍정적인 측면도 갖고 있다.

어떤 면에서 습관은 그 사람을 알게 하는 하나의 요소가 되기도 한다. 그가 어떤 일을 반복적으로 하는지를 보면 그 사람이 어떤 사람인지 짐작하게도 하는 것이다. 그러나 습관이 고착되면, 즉 생각의 주체로서의 '나'를 인식하지 못하고 그저 기계적으로 움직이는 생활이 반복될 때 삶은 발전할 수 없다. 들뢰즈는 이러한 습관을 버리는 데 필요한 것이 '각운의 중단'이라고 말한다. 각운, 즉 규칙적인 어떤 행위를 하는 나, 습관적으로 사는 나의 행위를 멈추고 생각의 주체로서의 나를 확인하게 될 때, 즉 나란 무엇인가를 생각하게 될 때, 습관으로서의 자아와 생각의 주체로서의 나는 일치하지 않게 되며, 생각하는 자아는 습관적 자아를 근본적으로 변모시킨다.

오랫동안 이어온 습관을 버리기란 너무 힘든 것이지만, 습관으로서의 자아가 이 행위를 수행하는 순간, 나는 기존의 자아를 형성하는 습관으로부터 탈피할 수 있게 된다. 자아의 정체성(자기 동일성)을 규정하는 나로부터 벗어나 새롭게 달라질 수 있게

된다는 것이다. 미래를 생산하는 행위의 주체가 된다는 것, 그
것은 내(자아)가 나 자신으로 계속 버텨가는 것이 불가능하게
된다는 것, 내가 나 자신으로부터 계속 타자가 된다는 것, 내가
나 자신과 다르게 된다는 것, 진정한 자아는 바로 이렇게 생산
된다는 것이다.

산다는 것은 이런 습관으로 산다는 것이다. 내가 계속 달라지
는 것, 어제의 습관으로부터 벗어나 계속 새로운 습관을 만들어
내는 것, 내가 나 자신으로 사는 것, 그것은 습관 덕분에 가능한
것이며, 습관에 따라 사는 것이다

거울의 비밀

우리는 늘 거울과 마주친다. 집안에서도 집 밖에서도 흔히 거울과 마주치고, 그 거울을 들여다보며 내 매무새와 얼굴을 본다. 그런데 그 얼굴이 내 얼굴이라는 것을 어떻게 알 수 있나? 우리가 언제부터 거울에 비친 그 모습이 '나' 자신이라고 확신하게 되었을까? 나는 언제부터 그 얼굴이 나임을 믿게 되었을까?

거울의 기원은 '물'이다. 인간이 '거울'이라는 사물을 창조해낼 수 있었던 것은 아주 먼 옛날 인간의 조상이 물속을 들여다본 기억을 가지고 있기 때문이다. 만물의 근원인 지(地)·수(水)·화(火)·풍(風) 중 사물의 얼굴을 비추는 유일한 질료가 '물'이다. 그렇다면 맨 처음 물속에서 자기 얼굴을 본 사람은 그 얼굴이 자신의 얼굴이라고 단박 알아챌 수 있었을까? 고인물의 표면이 사물의 영상을 반사해준다는, 지금은 너무도 당연시되는 사실에 아직 길들여지지 않았던 그때, 사람들은 자기 존재를 어떻게 확인하였을까?

그리스 신화에 나오는 나르키소스의 이야기는 그 비밀의 단서를 제공해준다. 처음 나르키소스는 물속의 얼굴이 자신의 모습이라는 것을 미처 깨닫지 못했을 것이다. 물속에서 자신을 올려다보는 아름다운 사람의 얼굴, 그 얼굴 위로 구름이 떠가고, 새들이 날아가고, 꽃잎이 떨어지고, 은빛 물고기들이 꽃잎을 헤치며 사랑을 나누는 풍경이 있었을 것이다. 그 얼굴의 희고 푸르스름한 이마와 짙은 눈썹이 물결에 지워졌다가 다시 나타날 때마다 나르키소스는 안타까워 수척해졌을 것이다. 잡을 수 없고, 만질 수 없는, 손 내밀면 흩어져버리는 얼굴을 애달프게 바라보다가 어느 날 나르키소스는 문득 깨달았을 것이다.

'저 얼굴이 내 얼굴이다!' 그토록 오래 누군가를 사랑하여 마침내 자신을 깨달은 나르키소스는 결국 죽음을 통해 자신을 완성시킨다. 사람들은 여기에 이즘(ism)을 붙여서 '나르시시즘'이라는 용어를 만들어 내고, 이를 자아도취적 '자기애'라고 말하곤 한다. 이것은 자크 라캉의 거울 단계(상상계)와도 같다. 라캉은 어린아이가 거울에 비친 자신의 모습을 보고, 이것을 동일시하면서 자아가 구성된다고 말하면서, 이 단계에서 일어나는 자기인식이 하나의 오인(誤認)이라고 설명한다. 우리는 그 누구도 자신의 얼굴을 실제로 볼 수 없기 때문이다.

우리는 늘 거울을 보며 화장을 하거나 머리를 손질하거나 면도를 한다. 양치를 하거나 손을 씻으면서도 흘끗, 거울을 본다. 그러나 거울 속의 '나'는 나의 실재가 아니다. 우리의 얼굴을 다만 거울 위로 미끄러져갈 뿐, 끝내 자신을 보지 못한다. 우리는 자신의 뒷모습을 정수리를 도저히 볼 수가 없다. 어제 거울 앞에서 보았던 '나'는 지금 거울 앞에 있는 '나'와 다르고, 조금 후 나의 모습은 지금 나의 표정과 다를 것이다. 우리는 언제나 '타자'에 의해서만 '나'를 확인할 수 있을 뿐이다. 타자는 나의 전체를 볼 수 있고, 타자만이 나를 볼 수 있다. 그런데 만일 그 타자가 내 모습을 왜곡하여 설명한다면?

나는 상상한다. 거울 앞에서 얼굴을 꾸미는 '나'와 거울 속에 있는 '나', 과연 누가 주체일까? 거울 속의 '나'인가, 화장하고 있는 '나'인가? 거울 속의 '나'가 실재가 아니라면, 그럼 거울 밖에서 화장하는 '나'는? 이때의 나 또한 타인의 시선을 의식하는 '나', 이 시대의 많은 사람들이 즐기고 숭배하는 미적 가치에 맞추려 꾸미는 '나'이므로 진정한 주체로서의 '나'라고 할 수 없다. 그것은 나를 오히려 억압하는 경향을 가진다. 나 자신을 위해 굳이 화장을 할 필요는 없기 때문이다.

그럼 '나'는 과연 어디에 있는가? 거울 속에서 갸우뚱거리는 저 얼굴은 누구일까? 거울은 영원한 비밀을 가졌다. 비밀이 있다는 것은 감추어야 할 무엇이 있다는 것이 아니라, 발견할 무엇을 지닌다는 것이다. 거울 앞에서 꾸미고 있는 '나'를 들여다볼 이 과연 누구일까? 내가 보고 있는 저 '나'는 과연 '나'인가. 우리는 평생을 살아도 결코 자신을 볼 수 없다. 그러나 하루에 한번, 고요 가운데 지극한 마음으로 거울과 마주할 때, 자주 보는 것이 아니라 오래 들여다볼 때 자신과 마주할 수 있을 것이다. 그것은 거울의 비밀을 풀 수 있는 시간이기도 할 것이다.

시각과 소유

감각은 타자를 지향한다. 감관에 닿는 '다른 것'을 감각해야 하기 때문이다. 감각은 심지어 자기를 만질 때조차 타자의 자리를 필요로 한다. 자신의 왼손으로 오른손을 오른손으로 왼손을 만질 때, 손들은 만지는 주체인 동시에 만져지는 타자의 자리를 동시에 점유한다. 아니 점유한다기보다 만지고 만져지는 자리를 서로 교환한다. 감각이 가지는 이러한 지향적 관계는 타자의 존재를 필연적으로 요청할 수밖에 없다.

그러나 모든 감각이 타자지향의 관계로 나아가지는 않는다. 우리의 시각, 즉 '눈'은 인간뿐 아니라, 모든 지구생명체와 사물들에 대해 대단히 불친절하고 위험하며 파괴적일 뿐 아니라 치명적인 상처를 입힌다. 눈은 타자를 향해 열려 있으나, 결코 친밀한 관계를 지향하지 않는다. 다른 감각기관과 달리 사물을 객관화하고, 나/너 사이에 일정한 거리를 설정하고 유지시킨다. 내 눈에 '보이는' 너는 나의 시선(觀)에 의해 한정되고 고정되며, 네가 가진 다른 많은 가능성은 배제된다. 이러한 타자 배제·부정의 논리가 바로 시각의 논리이다.

시각은 대상을 소유·지배하는 논리로 작동한다. 보이지 않는 것, 즉 듣고, 맡고, 맛보고, 느끼는 감각은 불확실하고 불확증적인 것이기에 소유할 수 없다. 하지만 시각만은 예외다. 우리는 왕의 곤룡포나 군대의 계급장, 어떤 조직체의 단체복도 '본' 것을 전제로 그것을 가지고 싶어 한다. 어떤 옷이 좋고 어떤 집이 좋고 어떤 물건이 좋다는 것도 언제나 '보이는 것'을 전제한다. 여기에 동반되는 심미적 가치평가의 기준은 우리의 관계를 위계 서열화하고, 대상을 지배하는 데 일조한다.

우리 삶을 지배하는 자본의 논리도 바로 이러한 '시각'의 논리이다. 자본주의는 시각의 힘을 등에 업고 우리의 오감마저 장악하려 하고 있다. 스마트폰이나 이어폰을 통해 '음악(청각)'도 혼자 들을 수 있게 하고, 꽃향기(후각)도 채집하여 유리병에 담고 상품화한다. 닝닝한 물(미각)도 플라스틱 통에 담아 시각화하고, 손끝의 촉감(촉각)마저 시각화하여 우리로 하여금 종일 기계에 매달려 있게 한다. 그 속에서 우리의 '살아있는' 감각은 점점 죽어가고 있다.

실재하는 것, 변하는 것은 느끼지 못한다. 타자의 신음소리,

죽음의 냄새를 맡아도 통각(痛覺)할 수 없다. 우리는 만지고, 맛보고, 냄새 맡고, 듣는 것보다 항상 '보는 것'을 우위에 둔다. '보이는 것'을 신뢰하고, 보이지 않는 것은 믿지 않는다. 물론 '보는 것'은 세계 및 타자를 인식하는 데 있어 필수적인 조건이다. 예이츠의 말처럼 사랑도 '눈'으로 든다. 그러나 눈(眼)에 머물러 있어서는 참된 사랑(관계)에 이르지 못한다. 그의 소리(耳)를 듣고, 냄새(鼻)맡고, 맛(舌) 보고, 피부(身)로 느끼는 단계로 나아가야 한다.

시각은 결코 살아있는 감각이 될 수 없다. 차가운 기계 안에 저장된 새소리는 실제 새소리가 아니다. 시각이 지배하는 순간 모든 존재는 그 본래의 가치를 잃어버린다. 진짜 좋은 것은 대상의 목소리를 직접 듣고 냄새 맡고 맛보고 만지는 것이다. '보고 싶다'는 차원에 머무는 것이 아니라, 살아있는 대상을 온몸으로 감각해야 한다.

살아있는 것들은 흐르고 움직이고 변한다. 결코 나의 시선으로 고정시킬 수 없고, 내 손에 움켜쥘 수도 없다. 그것이 무엇이든 나의 소유물로 생각할 때, 움켜쥐려 할 때 대상은 100% 파괴된다. 자식도 그렇고, 사랑하는 사람도 그렇다. 진정으로 아이를 사랑한다면 아이들이 놀이터에 가서 모래와 흙을 만지고 놀게 해야 한다. 놀이터에 깔린 우레탄을 걷어내고, 아이들이 모래와 흙과 사랑하게 해주어야 한다. 그 과정에서 그것들은 결코 자신의 것으로 소유할 수 없음을 스스로 감각하게 해야 한다.

사랑하는 그/녀도 마찬가지다. 우리는 그/녀를 내 곁에 고정하려 하고 내 것으로 소유하려 한다. 그가 죽음에 이르렀을 때야 겨우 떠나는 걸 허락한다. 그러나 진정한 사랑은 살아있을 때 떠나보내는 것이다. 내 안에 가두지 말고 그가 세계를 새롭게 감각하게끔 내버려두어야 한다. 우리가 어머니의 좁은 자궁에서 세상 밖으로 나온 것도 또 다른 생명체로 살아가기 위해서이고, 하루하루 죽어가는 것도 나 아닌 또 다른 생명을 길러내기 위해서 아니겠는가. 세상에 내 것은 그 어디에도 없고, 움켜쥔 것은 반드시 놓아야 한다. 오른손에 생수통을 한번 쥐어 보자. 그 손으로 다른 사물을 잡을 수 있는가?

살아있는 욕망을 위해

욕망은 인간의 본질이다. 우리는 모두 무엇인가를 욕망하는 존재다. 내가 하고 싶은 것, 원하는 것이 억압되거나 부정될 때, 우리는 살아있어도 죽은 것과 진배없다. 그렇다면 우리는 정말 자신이 하고 싶은 일을 하고 있는가?

대부분은 그렇지 않을 것이다. 나도 크게 다르지 않다. 이것은 이렇게 하고 저것은 저렇게 해야 한다는 부모님의 혹은 주변 사람들의 말을 따라서 해야 할 일을 한 경우가 더 많다. 스스로 존재감을 느끼지 못한 것이다.

그래서 사람 만나는 일도 귀찮고 무엇을 하는 것도 귀찮아 마냥 뒹구는 때도 많다. 눈치 빠른 상인들은 이런 심리를 이용하여 '아무거나'라는 메뉴를 만들어내기도 한다. '아무거나'라니,

자신이 뭘 먹고 싶은지조차 모른다는 말일까. 그렇지는 않을 것이다. 다만, 자기 생각을 말하는 데 익숙하지 못하기 때문이다. 이것은 성장 과정과 무관하지 않을 것이다.

과거 우리 세대는 자신의 욕망을 표현할 기회가 드물었다. 특히 여러 형제들 속에서 자란 사람은 더 그랬다. 형제가 많은 집 아이들은 그 집안의 자원을 고르게 분배받지 못한다. 한 집안의 자원은 언제나 한정돼 있고, 그것은 대개 부모의 기대를 받는 아이(예전에는 아들, 특히 장남)에게 더 많이 분배된다. 대부분은 그것을 당연히 받아들였고, 부모의 관심이나 보살핌을 받지 못한 자녀들은 어른이 되어서도 자기 욕망을 명확히 표현하지 못한다.

요즘도 마찬가지고, 가정을 사회집단의 의미로 확장해도 마찬가지다. 사회자본의 분배는 언제나 그렇듯 고르지 못하다. 일부 계층을 제외하고는 대개 삶이 팍팍하고, 자기 욕망을 발설하지도 못한다. 비정규직 아르바이트생들이 (기)업주에게 어떻게 자기 욕망을 정직하게 말할 수 있겠는가.

자녀가, 각 개인이 자기 욕망을 말하게 하기 위해 부모는, 혹은 사회는 무엇보다 귀를 열어야 한다. 그들이 무엇을 바라는지 들어주고, 그들이 원하는 것을 하도록 도와줘야 한다. 그렇지 않고 자기 입장만 강조하거나 훈육하려거나 가르치려고만 할 때, 대개는 절망하고 아예 입을 닫아버린다. 그것이 고착화되면 산 것도 죽은 것도 아닌 좀비 같은 인간이 넘쳐나게 된다.

지금 우리의 상황이 이렇다면, 우리들 각자는 어떻게 할 것인가? 우선은 자기 삶을 역동적으로 바꾸어야 한다. 아무 것도 하지 않는 것은 자기 삶에 대한 모욕이다. 자신의 생각이 남과 다르면 다르다고 분명히 말하고, 자신이 원하는 것, 하고 싶은 말, 할 말은 해야 한다. 뭐든지 괜찮아, 아무거나, 라고 말하는 사람은 걸어 다니는 식물인간과 같다. 일상의 변화는 지구온난화나 어떤 거대담론을 걱정하는, 그런 거창한 일에서 일어나지 않다. 그야말로 사소한 것들, 내 주변, '나'자신에서부터 시작된다.

　　일어나 움직이자. 문을 열고 문턱의 경계를 넘어 한번 가보는 것이다. 가서 무엇이든 만지고 부딪치고 넘어지면서 몸으로 느껴야 한다. 여행을 할 수 있으면 더 좋을 것이다. 많은 돈을 들인 고급스럽고 사치스런 여행이 아니라, 가까운 어디라도 괜찮다. 그저 발길 닿는 대로 걷다가 1박을 할 수 있으면 새로운 경험도 가능할 것이다. 호주머니에 가진 것이 만원이고, 잠을 잘 숙소비용이 4만원이라면, 안전한 잠자리를 찾아 머리를 굴릴 것이다. 그 끝에 야간버스를 타든, 노숙할 장소를 찾든 한 번도 안해본 선택도 하게 될 것이다. 거기서 살아있는 감각, 배고픔, 무엇을 '해/먹어'야겠다는 결연한 의지가 생기고, 삶의 쾌감도 느껴질 것이다.

　　그게 어렵다면, 치열한 삶의 현장에라도 한번 가보자. 재래시장도 괜찮다. 종일 몸을 움직여 일하는 시장사람들을 보면, 무기력한 내 삶이 얼마나 사치스런 것인지도 깨닫게 될 것이다.

그조차 어렵다면 일어나 집안 청소라도 하고, 하다못해 벽에라도 부딪쳐보자. 부딪쳐야 최소한 아픔이라도 느낀다. 매사 귀찮다고 갇혀있어서는 아무 것도 경험할 수 없다. 글을 쓰는 것도 한 방법이 될 것이다. 글을 쓰다보면 스스로 자기 검열도 된다. 내가 말은 이렇게 하면서 행동은 따르지 않는 게 아닌가, 고민도 하게 되고, 자연스레 일상의 변화도 일어날 것이다.

사는 일 힘들어 주저앉고 싶은 때 많아도, 지구는 둥글다는 사실 잊지 말자. 내 가족, 내가 속한 단체, 내가 속한 지역, 내가 살아가는 나라만 전부가 아니다. 힘들고 고통스러울지라도, 저 끝에 기다리는 것은 낭떠러지가 아닌 새로운 길이다. 부딪치고 깨지고 넘어지는 그런 시행착오를 통해 우리는 점점 더 자기 욕망에 직면하게 될 것이고, 생의 감각도 깨어날 것이다. 오늘도 열심히 움직이자. 죽은 감각을 깨우는 다른 방법은 없다!

나/너,
그리고
우리의 일상

누가 사랑을 아름답다 하는가?

사랑은 마음의 동요상태다. 자기를 망각하고 타자에게로 가려는 전일한 의식, 마음이라는 공간 혹은 빈 지대를 그리움으로 동요하게 하는 간절함. 그것이 바로 사랑이다. 그러나 사랑이 언제나 가능하지는 않다. 사랑은 한 개인이 다른 한 개인과 벌이는 상호 관계적 게임이기 때문이다. 사랑은 한 영혼이 다른 한 영혼과 만나 상호소통을 이룰 때 일어나는 심적, 육체적 발기를 전제한다. 다른 잡것을 의식하지 않는 둘만의 아름다운 사랑제의, 부드러운 애무, 열리는 몸, 그 합일에 이르는 상호교감, 그것이 사랑의 궁극적인 목표이다.

어쩌면 사랑은 그 자체로 불륜이라 말할 수 있다. 사랑은 본디 법과 제도 밖에 있다. 사랑은 다른 잡것을 의식하지 않는다.

오직 네게 집중하는 순간, 내가 너를, 네가 나를 이 세상의 중심에 위치시키는 순간, 비로소 사랑이 시작된다. 사랑이 제도화될 때, 사랑본능 위에 초자아가 보태어질 때, 사랑은 종말을 향하여 치닫게 되어있다. 그러니까 사랑은 그 내부에 이미 불완전한 사랑의 변주곡을 탄주하도록 예정되어 있는 셈이다. 인간은 누구나 남(혹은 세계 및 사회)을 의식하게 되어 있으며, 그 의식에는 사회구조적, 제도적 이데올로기의 흔적이 녹아있기 때문이다.

사랑의 대상은 결혼이라는 제도를 암묵적으로 인정함으로써 상대방의 육체, 감정 및 관심을 독점적으로 소유하려고 한다. 암묵적인 사랑은 상대를 자신의 것으로 '소유'할 수 있다는 착각을 하게 만든다. 그러나 사랑이 소유할 수 있는 성질의 것인가. 사랑은 늘 움직이고 변하고 운동하는 것이기 때문에, 소유하고 가두는 순간 정지되고 소멸된다. 그래서 우리는 사랑의 도덕적 규범과 일탈 사이에서 방황하며, 때로 새로운 사랑을 찾아 나서기도 한다. 허나 거기서도 만족은 없다. 인간의 사랑에는 환상이 존재하기 때문이다. 우리는 사랑 대상을 이러이러한 모습일 것이라고 상상한다. 그러나 그것은 대개 내가 만들어 내가 가지는 허구에 불과할 뿐, 실제 그의 모습이 아니다.

이것을 눈치챈 21세기의 청년들은 더 이상 순수한 사랑을 지향하지 않는다. 그들은 이 사회가 그들에게 사랑을 허락하지 않는다는 것을 이미 몸으로 체득하고 있다. 이 시대의 사랑은 사랑 대상에게로 다가가 은밀한 욕망을 주고받는 따스한 손길의 교환이 아니라, 입술 맞추고 살가운 정 나누는 사랑이 아니라, 치밀하게 계산된 거래로 이루어진다. 왜? 후기산업사회에서 존재는 모두 하나의 상품으로 인식되기 때문이다. 그래서 결혼도 하나의 시장으로 불린다. 결혼시장에서 가장 우선되는 기준은 상대의 재력과 학벌, 외모다. 그 기준에 적합할 경우 결혼에 성공할 가능성이 크지만, 그렇지 않을 경우 결혼은 꿈도 못 꾼다. 때문에 아예 사랑을 포기하는 경향도 늘고 있다.

후기 자본주의의 지배를 받고 있는 청춘들은 20대를 착취하는 체제에 지쳐 사랑할 힘마저 잃어가고 있다. 여자 친구와 데이트를 하거나 선물을 하려 할 때, 함께 영화를 보거나 음식을 먹으려 할 때도 마음보다 먼저 돈이 필요하다. 하지만 우리사회는 가난한 청년·대학생들에게 그것을 허락하지 않는다. 취업에 필요한 '스펙'을 쌓아도 직장은 구하기 어렵고, 연애할 시간도 없다. 비정규직 알바(아르바이트)를 전전하며 한 달을 꼬박 일해도 손에 쥐는 것은 백만 원 안팎, 등록금 대출을 갚으면 한 푼이 아쉽다. 새벽 일찍 학교도서관으로 가 취업시험 준비를 하고, 중간에 강의실에 들어가 출석체크를 하고, 오후부터 늦은 밤까지 알바를 뛰다보면 몸이 무거워 누구를 만날 생각도 들지 않는다.

이들에게 사랑은 부담이고 가족은 짐으로 느껴진다. 사랑의 과정에서 경험하는 감정싸움도 부담스럽게 여겨진다. 그래서 어차피 실패할 연애는 시작도 하지 않는다. 그러나 생명이 있는 인간이 사랑을 멈춰서야 되겠는가. 우리는 사랑 없이 살 수도 없거니와 사랑이 떠나는 것을 방치할 수도 없다. 사랑이 떠나는 순간 우리 삶은 곧 죽음과도 같이 황폐해질 것이기 때문이다. 최근 청년들의 모습은 그래서 심각하다. 사랑하고 사랑받기를 원하는 인간의 본능, 서로를 유일한 존재가치로 느끼는 사랑이 사랑으로 고양되지 못하고 사라져버린 지금, 사랑은 단순히 청년들의 문제가 아니라, 우리 모두의 문제다.

지금―여기, 우리에게 필요한 것은 사랑이 무엇인가가 아니라, 어떻게 사랑할 것인가 혹은 '사랑하게' 할 것인가 하는 질문이다. 사랑은 돈보다 비싸다. 그 의미를 새롭게 탄생 발효 성숙시키기 위해서는 노력해야 할 것들이 많다. 무엇보다 중요한 것은 사회구조의 변화다. 사랑이 단지 개인의 내밀한 감정만으로 성립되는 것이 아니라, 사회문화적 이데올로기의 흔적을 껴안고 있는 것이라면, 사회는 청춘들의 호주머니에 더 많은 돈을 찔러 넣어주고 더 많은 시간을 허락해야 한다. 이러한 것을 외면하고 도대체 누가 사랑을 아름답다 하는가.

당신의 결혼은 어떤 그림?

　결혼은 제도다. 사랑을 기초로 하지만, 순수한 사랑과는 다소 거리가 있다. 이것은 전통사회에서부터 현대에 이르기까지 변함 없는 사실이다. 한국의 전통 사회에서는 배우자의 얼굴도 모르고 시집가고 장가가던 때가 있었다. 결혼이 배우자 당사자의 일이 아니라 가문의 일로 여겨졌기 때문이다. 당시 결혼은 신분, 족벌, 사회 계층의 이익을 추구하기 위하여 이용되는 정략적인 사회 장치였다. 일찍이 지아비와 사별한 젊은 과부가 평생을 수절하며 살아가야만 했던 것은 그것을 미덕으로 여겼던 당시 사회의 윤리가 있었기 때문이다. 이렇게 전통사회에서 결혼은 당사자들의 의견과 상관없이 가족과 친지의 결정 또는 공동체의 윤리와 관습 안에서 통제되었다.

물론 그런 관습은 지금도 여전히 통용되지는 않는다. 현대사회의 결혼 풍속도는 과거 전통사회에 비해 많이 달라졌다. 결혼은 주로 당사자 자신들의 감정과 의사에 따라 이루어지고 있으며, 배우자 선택 또한 개인의 자유와 결정이 반영되고 있는 추세이다. 이 같은 변화는 근대 사회체계의 발달과 함께 개인의 자유가 신장한 결과에 따른 것이다. 개인에게 중요한 것은 결혼 그 자체보다는 '관계'이다. 오늘날 동거, 별거, 혼외정사, 이혼 현상이 증가하게 된 원인 가운데에는 이 같은 관계에 대한 인식이 깃들어 있다.

하지만 중요한 것은 지금도 여전히 관계외적 요소들이 지배하고 있다는 점이다. 돈, 권력, 외모, 학력 등이 개입된 사랑과 결혼은 순수한 관계를 억압하고 방해하는 요소들이다. 우리는 아직도 결혼에 있어 이해 타산적 조건들을 내세운다. 그러나 생각해보자. 그러한 조건들이 행복한 결혼을 유지하는 데 필요한 것들인지.

돈이라는 것은 돌고 도는 것이다. 있다가도 없어질 수 있다. 새로운 사업을 추진하려 했던 것이 실패로 돌아와 무일푼이 될 수도 있고, 직장에서 명퇴를 당해 월급을 받지 못하게 될 수도 있다. 그럼 그때는 어떻게 할 것인가? 가족을 위해 오랜 세월 땀 흘려 일해 온 그를 돈을 못 번다고 버릴 것인가?

돈은 권력이지만, 그 권력은 억압을 전제로 한다는 사실을 기억해야 한다. 돈을 잘 벌고 사회적으로 성공한 사람들은 가정에서도 권력을 휘두를 공산이 크다. 상대를 지배하려하고 지시하려하고 금기하고 명령하려 할 것이다. 그 가공할 권력 앞에 배우자는 자기 목소리를 낼 수 없다. 그러나 권력은 언젠가는 힘을 잃는다.

외모 또한 마찬가지다. 젊고 아름다운 외모는 세월 흐르고 나이 들면 늙고 주름지게 마련이다. 평생을 젊고 아름다운 모습으로 사는 사람은 없다. 장난(?) 아니게 여겨지던 얼굴은 언젠가 장난으로 느껴지는 것이다. 학벌이 말하는 지식 또한 다르겠는가. 지식은 틀이다. 지식인은 그 틀에 맞춰 상대를 가르치려 할 것이다. 이것은 이렇게 하고 저것은 저렇게 하라고 지시하고 가르치려들면서 상대를 불편하게 할 것이다.

결혼이 사랑을 기초로 한다면, 배우자를 선택할 때 무엇보다 중요한 것은 사랑이어야 한다. 그러므로 결혼에 있어서도 관습적제도적 틀을 깨고 사랑 본연의 의미를 되새겨 볼 필요가 있다. 사랑은 움직이는 것이다. 사랑은 항상 잔고를 남겨놓는다. 사랑의 경제학은 미수금을 조금 남겨놓거나 지불을 유예하면서 항상 다음의 만남을 준비하게 만든다. 그것은 사랑의 운명이다. 이 운명은 때로 사랑 전체를 파산시키는 원인이 되기도 한다. 사랑의 사슬이 잔고나 미수금을 남겨놓기는 하지만, 그것이 사랑의 동력이 되기는 하지만, 사랑의 잔고나 미수금이 때론 사랑의 전이를 유발시키기 때문이다. 다른 사랑대상에게로 도달하고픈 마음, 사랑 경제학의 파산선고. 파산된 사랑은 결코 봉합되지 않는다.

사랑은 이별을 전제한다. 그 이별이 언제 올지, 살아서일지 죽어서일지는 알 수 없다. 그러므로 늘 애틋하게 관심을 가져야 한다. 그가 무엇을 좋아하는지, 무엇을 원하고 어떤 것을 추구하는지 끊임없이 관심을 가지고 알려고 노력해야 한다. 우리는 대개 상대를 오래 만나면 그를 잘 안다고 생각하고, 관심을 갖지 않는다. 무엇을 원하는지 알려고 하지도 않는다. 이렇게 되면 사랑은 이미 끝난 것이나 다름없다.

사랑은 존중이다. 단순히 여자가 남자를 혹은 남자가 여자를 밝히는 것만을 의미하지 않는다. 사랑은 대상을 자기의 소유로 인식하지 않을 때, 상대를 지배하고 가르치려하고 금기하려는 자기욕망을 버릴 때, 그에게 자신의 모든 것을 주려할 때, 어떤 이유와 보상을 바라지 않고 서로 이해와 성장의 관계로 이끌 때, 성공과 실패 또는 걱정을 앞세우지 않을 때, 함께 하는 그 시간들을 소중하게 생각하며 어떠한 어려움도 이겨내려는 힘을 가질 때 비로소 가능해질 것이다.

결혼의 다른 이름, 이혼

'돌싱'이라는 말이 유행한다. 이혼이나 이혼 후 혼자가 된 사람을 뜻하는 '돌싱'이라는 단어는 이제 더 이상 어색한 말이 아니다. 이혼이 이전보다 훨씬 자연스럽게 받아들여지는 것이다. 그러나 '돌싱'을 바라보는 시각은 성별에 따라 여전히 유의미한 차이를 가진다. 유교적 가족이데올로기가 아직도 강고한 한국사회에서는 특히 여성에게 더욱 부정적인 시선을 보인다.

가부장적 가족이데올로기에서 '이혼녀'는 위험한 존재로 규정한다. 이혼했다는 사실 그 자체로 비정상적인 반가족주의자로 치부되며, 이혼의 원인이 여성에게 있다면 반체제적인 인물로까지 규정한다. 이러한 시선은 남성뿐 아니라 여성에게서도 나타난다. 동창모임에서 옛 친구의 소식을 주고받던 중 이혼한 친구

얘기가 나오면 그녀에게 동정을 보낸다. '오죽하면 이혼을 하게 되었을까, 그것이 그가 선택한 최선의 결정이고 방법이었다면 오히려 잘 된 일인지도 모른다'는 등의 말이 그것이다.

그러나 이혼은 결혼처럼 축하해줄 일이 못 된다 하더라도 적어도 부정적이고 동정적인 시각은 불필요할지 모른다. 이혼의 다른 얼굴이 결혼이고, 결혼이 사랑을 전제로 맺어져야 하는 것이라면, 사랑에 대한 생각의 변화는 결혼생활에도 변화를 가져왔다. 진실한 사랑이야말로 상대를 위한 감동의 씨앗이며, 행복한 결혼생활을 지속할 수 있다는 것을 우리는 알게 된 것이다.

진실한 사랑은 상대에 대한 배려와 존중, 친밀성, 그리고 상대에 대한 관심을 나누는 것이다. 어떤 환상을 동반한 열정이나 열망이 아니라, 상대에 대한 강한 소유욕이나 지배력을 행사하는 것이 아니라, 상대를 존중하는 마음과 진실한 행동으로 감동을 나누는 것이다. 그리고 그것이 지속될 수 있도록 상호 노력해야 한다. 사랑은 일방향적 흐름이 아닌 만큼 어느 한쪽만의 노력으로는 지속될 수 없다. 물론 사랑 없는 결혼생활을 지속할 것인지, 그만둘 것인지는 각자가 선택할 몫이지만, 적어도 사랑은 더 이상 지속할 수 없다.

사랑도 생로병사를 같이 한다. 사람은 서로 만나고 좋아하다가 싫어질 수도 있다. 헤어지는 이유도 여러 가지가 있다. 결혼이 중대한 일이라지만 막상 상대방을 잘 알지 못하고 결혼을 하는 경우도 있고, 결혼 후 자신의 본색을 드러내는 사람들도 많다. 서로에게서 발견된 진실이 결여된 여타 행동들, 가령 다른 사람과 밀애를 하거나, 학위를 속이거나, 자라온 환경을 속이거나, 현재 하고 있는 어떠한 행보를 속이는 등의 속임수들은 상대로 하여금 실망과 갈등을 불러온다. 그 사실을 진실한 반성을 담아 고백하는 것은 신뢰를 회복하는 힘이 될 수 있으나, 그렇지 않을 경우 헤어짐이라는 끝을 향해 달려가며 상처를 남긴다.

연애와 결혼이 구별되면서 부부간 성적(性的) 부조화를 깨닫게 되는 경우도 있다. 그리고 배우자의 부정행위나 친인척 관계의 부적응 때문에 이혼을 결심하게 되는 경우도 적지 않다. 그리하여 마침내 결별하게 되는 커플들이 자꾸만 늘어나고 있다. 그런데 그 결별은 머지않아 새로운 만남을 예고하고 또 믿음과 환상을 키우며 해피엔딩을 연출한다.

이러한 추세는 해마다 급속히 늘고 있다. 조혼보다 만혼이 증가하는 추세고 동갑내기와의 결혼, 연상의 여인과의 결혼 및 이혼녀의 재혼 비율도 높아지고 있다. 일반적으로 이혼율이 가장 높은 연령층은 남녀 모두 30대 중반부터 40대 초반이지만, 20년 이상 함께 산 부부의 황혼이혼도 매년 지속적으로 늘어나고 있다. 황혼이혼의 이유 또한 여러 가지 원인이 있겠지만 자녀가 성장할 때까지 기다렸다가 이혼을 하는 경우도 있고, 출가한 자녀들이 이혼을 권유하는 경우도 있다. 고령화의 증가가 황혼이혼의 원인으로 지적되기도 한다.

어떻든 오늘날 한국의 결혼과 이혼은 이전 세대의 그것과는 분명 다르다. 부부는 지속적인 관계와 유대를 담고 있으되, 도덕적 규율이나 사회적 활동에 있어서 서로가 그것의 주도자가 되어야 하며, 상호 마땅히 존중해야 한다. 물론 살면서 실수를 하거나 잘못을 저지를 수 있다. 그렇다하더라도 진실한 반성이 담긴 고백을 통해 서로를 더 이상 거짓된 무엇으로부터 고통 받지 않도록 노력해야 한다. 그렇지 않다면 이혼도 선택적 대안이 될 수 있고, 그러므로 이혼에 대해 편견을 가질 필요는 없다. 우리에게 무엇보다 중요한 것은 사랑의 지속을 위해 노력하는 태도이며, 이혼을 하게 되더라도 그 형태가 추하게 뻗어가지 않도록 노력해야 할 것이다.

가족에 대한 새로운 상상

'가족이란 무엇인가?'라는 질문을 던질 때 우리가 쉽게 떠올릴 수 있는 것은 '편안함'일 것이다. 가족은 각자에게 주어진 삶의 절대적 조건이면서, 가장 편안하게 기댈 수 있는 삶의 원천으로 인식된다. 그런데 정말 편안하기만 할까? 오히려 가족에게서 가장 큰 상처를 입지는 않는가? 한국적 특성을 고려하여 한번 생각해보자.

한국사회에서 가족의 의미는 서구와는 다르다. 서구의 경우 가족보다는 '개인'을 더 강조한다. 18세기 근대사회가 전개되면서 가족을 비롯한 그 어떤 사람으로부터도 독립된 주체로 살아가야 한다고 인식되었고, 이것은 20세기에 이르러 일상생활에 뿌리를 내렸다. 그 결과 서구 젊은이들은 성인이 되면 부모로부

터 경제적으로 독립된 생활을 하는 것을 규범으로 여겼다. 국가
는 복지정책을 통해 개인의 생존을 공적 차원에서 지원해주는
시스템을 마련하였다. 그러나 한국은 그렇지 않다.

한국사회는 국가나 사회적 보호 체계보다는 가족에게 모든
책임을 떠넘겨왔다. 식민지시대와 전쟁, 산업화 이후의 모든 삶
에서 한국사회의 구성원들은 가족을 단위로 살아남아야 했고
생애의 전 시기를 가족 속에서 살았다. 효(孝)는 가장 근본적이
고 절대적인 윤리로 간주되었고, 사회 구성 원리로까지 확대되
었다. 가족은 인간의 전 생애과정을 책임지는 기본 단위였고 또
유일한 단위였다. 따라서 각자의 경제적 문화적 조건은 가족의
사회경제적 지위에 의해 결정되었다.(허민숙·신경아, 「'가족들'
안과 밖의 여성 그리고 남성」, 2014, p.300)

이것은 신자유주의 시대에 이르러 양극화현상을 더욱 심화시
키는 결과를 낳았다. 운이 좋아 능력 있는 부모를 만난 자식은
좋은 집에서 풍족하게 자라며 좋은 교육을 받고 좋은 대학을 졸
업한 후 좋은 직장을 가지게 된다. 게다가 부모가 물려준 재산
도 많아 한평생 편히 살 수 있다. 반면 가난한 집 자식은 가난을
대물림하면서 고통 속에서 살아가야 한다. 출발선의 불평등은
학교라는 제도를 통해 학생의 성적과 능력의 격차라는 차이로
정당화되며, 사회계층의 불평등을 지속시키는 기반으로 작용한
다. 가족은 부와 가난을 공식적으로 세습하는 도구가 되었고,
이것은 '금수저·은수저·흙수저' 혹은 '헬조선'이라는 새로운

신조어를 양산해내기도 했다.

국가가 복지체계를 통해 시민들의 삶을 보호해주지 못하기 때문에, 신자유주의적 경쟁사회에서 가족은 보호능력을 잃고 뿔뿔이 흩어질 수밖에 없다. 특히 하층 가족에서 더 많이 나타나는 이러한 현상은 빈곤이나 실업 등 생계의 어려움에 직면한 부부가 함께 책임져야 할 부양책임을 완수하지 못하고 이혼이나 별거로 내몰릴 수밖에 없는 상황을 가리킨다. 그 속에서 자녀들은 조부모나 편부모, 혹은 고아원에 맡겨지며 상처를 입을 수밖에 없게 됐다.

물론 가정폭력이나 가족해체의 문제는 지극히 사적인 문제에서 출발한다고 볼 수도 있다. 그러나 따지고 보면 그 사적인 문제라는 것도 개인의 문제가 아니라, 사회구조적 문제와 연결돼 있다는 점을 간과해서는 안 된다. 가족은 애정과 혈연관계를 바탕으로 구성되지만, 결코 사회현실과 무관할 수 없다. 우리는 사회적으로 인정받아야만 부모 노릇, 자식 노릇, 형제 노릇도 제대로 할 수 있다고 생각하며, 또 돈 잘 벌고 잘나가야만 그 인생이 훌륭한 인생이라고 생각한다. 그러나 그것은 우리 사회가 요구하는 것을 내면화한 생각일 뿐 결코 우리 자신의 생각일 수 없다. 사회에서 정해놓은 이상적 가족의 기준에 맞추려하다 보니, 때로 절망하게 되고 갈등과 폭력, 심지어 가족해체라는 극단적인 상황으로 내몰리게 되는 것이다.

그러나 인생을 과연 좋거나 나쁜 삶으로 나눌 수 있나. 모든 생명은 살아있다는 것만으로도 존중받아 마땅하지 않은가. 사회적으로 인정받아야만 부모 노릇, 자식 노릇, 형제 노릇을 제대로 한다고, 진실로 돈 잘 벌고 잘나가야만 그 인생이 훌륭한 인생이라고 어떻게 확신할 수 있는가. 물론 그 답을 지금-여기서 얻으려는 것은 아니다. 가족과 관련한 무수한 의문에 대한 답은 쉽게 얻을 수 없다. 다만 상상은 가능할 것이다. 나와 가족 모두가 다 같이 행복해지는 방법은 정말 없는지, 더 많은 가족들을 웃게 하고 더 많은 사람들을 자유롭고 행복하게 할 새로운 가족의 기준은 마련될 수 없는지. 대개의 상상이 현실의 층위로 이전돼 왔음을 감안한다면, 지금의 상상이 현실의 영역에서 새롭게 재구성될 수 있지 않을까, 하는 심정에서 상상으로 갑갑한 마음을 대신한다.

성, 나-너의 합일?

성(性)은 사랑의 각론이자 총론이다. 타자에게 다가가기 위한 통로이자, 그 통로들이 얽히고설키며 만들어낸 하나의 지형도라고도 할 수 있다. 그러나 이 단어를 일상적으로 꺼내기에는 많은 사람들의 껄끄러운 시선과 거부의 장벽을 넘어야 한다. 그만큼 우리사회에서 성은 강력한 금기이다. 그러나 성은 더 이상 숨길필요도, 숨겨서도 안 되는 중요한 문제다.

내 어릴 적만 해도 어른들은 '성은 말하지 않아도 자연스럽게 알게 되는 것'이라고 침묵해 왔다. 그러나 아무도 성에 대해 말해주지 않는 환경 속에서 아이들이 성에 지식을 얻을 수 있는 창구는 협소하다. 기껏해야 TV나 영화, 인터넷. 그러나 이를 통해 접하는 지식은 왜곡된다. 온갖 성적 몽상과 망상으로 성에 대한 생각을 왜곡되게 한다. 이것이 사랑 혹은 연애에도 적용된다는 것은 얼마나 끔찍한 일인가.

어떤 측면에서 무방비상태에서 접하는 섹슈얼리티의 기호들은 사랑에 있어 표현하는 연애로 전환되는 길을 열어준 긍정적 역할을 하고 있다고도 볼 수 있다. 그러나 상업적 짙게 깔린 에로티시즘, 포르노 영상은 아이들의 눈에 여과 없이 들어가 차후 사랑을 비극으로 흐르게 할 수도 있다.

성은 단순히 몸의 즐거움을 추구하기 위한 행위만도 생명을 얻기 위한 행위만도 아니다. 성은, 아니 성관계는 너와 내가 상호관계를 맺기 위한 행위다. 어느 한편이 다른 어느 한편을 주도하는 것이 아닌, 서로가 서로를 이끌며 자유를 맛보는, 성숙한 몸과 몸, 성숙한 마음과 마음을 나누는 관계. 그것은 상대를 배려하는 마음, 소통하려는 마음 없이는 가능하지 않다.

배려와 소통은 자기성찰을 거치지 않고서는 기대하기 어렵다. 나는 내 생각만 하고 있지는 않은지, 내 말과 행동에 강압적인 힘은 실려 있지 않은지, 나 자신을 돌아보아야 한다. 그리고 상대방의 몸과 마음 상태를 살펴야 한다. 그러지 않고 그저 도달해야 할 목표, 혹은 쾌락에만 휩쓸리는 순간, 성행위는 지루한 서사의 답답한 틀에 갇히고 만다.

사랑의 완성은 정신적 육체적 합일을 통한 교감을 향유하는 데 있다. 그러나 그렇다더라도 결코 서로의 전부는 알 수 없다. 여자는 남자의 몸을, 남자 또한 여자의 몸을 알지 못한다.

우리는 그저 눈으로 몸의 겉모습만 볼 뿐 그 진면목을 볼 수 없다. 우리가 백인, 흑인의 몸을 보아도 몸의 진면목을 본 적 없듯이.

이런 측면에서 자녀들의 성교육도 부모들이 모두 나서는 것이 좋을 것 같다. 우리가 쓰는 자기 서사의 근간이 대개 부모와의 관계로부터 시작되고 그 관계를 구성하는 조각들이 대체로 부모님이 간간이 들려주시던 일화로 구성되듯이 부모에게서 성(性)에 대한 이야기를 듣는다면 더욱 긍정적이고 건전한 모양새를 띨 수 있을 것이다.

부모들의 성교육은 엄마와 딸 사이에 이루어지는 것이 대개다. 엄마들은 '성적 자기결정권'에 입각해 자신이 원하지 않는 것을 '안돼요, 손대지 마세요, 싫어요'와 같이 명확히 표현하라고 말한다. 그러나 아들이 하는 자위행위는 이해하지 못한다. 우리 아들이 너무 자주 하는 것 같다면서 걱정하고 부담스러워한다. 그러면서 아들에 대한 성교육은 방치하는 경우가 많다. 이것이 나아가 성추행 혹은 성폭력 문제를 불러오기도 한다는 점을 감안할 때, 아들에 대한 아버지의 교육은 꼭 필요한 부분이라 할 수 있다.

성장하여 어른이 되면, 결혼 전에 여러 사람을 만나보는 것도 한 방법이 될 수 있다. 우리가 좋은 그림을 판단할 때 다양한 그림들을 보아야 그 그림이 좋은 그림인지 아닌지 알 수 있듯이 다양한 만남을 통해 비교해볼 필요도 있다. 물론 아무나 만나라는 것은 아니다. '이 사람이다' 싶은 사람, 내 감정을 꿈틀 움직이게 하는 사람, 그런 사람과의 만남에서 가슴 아린 아픔이든 환멸이든 고통과 좌절을 맛보게 될 때, 몸에 대한 혹은 관계에 대한 안목을 키워줄 것이다. 뜨거운 척 하는 것이 아니라, 실제로 뜨겁다고 느끼는 것, 그런 진지한 경험을 해보아야 한다는 것이다.

이를 위해서는 우리 모두 성에 대해 개방적인 태도를 가질 필요가 있다. 부모·자식 간에도 성에 대한 솔직하고 올바른 이야기를 나눌 수 있어야 하고, 남녀도 자기감정을 솔직하게 밝힐 수 있도록 개방적인 태도를 유지하면서 상대방을 있는 그대로 존중할 수 있어야 한다. 사랑 혹은 성이란 양자 간의 표현 양식과 관계 형성이므로 상호의 노력이 절대적으로 필요하다는 것이다.

몸, 살아있는 악기

우리는 몸 없이 살아갈 수 없다. 바람 따라 숨 쉬고, 두 발로 땅을 딛고 서서 걸어 다니고, 사물을 보고, 향기를 맡고, 웃고, 울고, 노래하고, 잠자고, 추억하고, 만지고 포옹하면서 살아갈 수 있는 것은 '살아있는 몸'이 존재하기 때문이다. 살아있는 몸은 타자와 관계 맺는 장이자, 상상력의 원천이며, 권력이 통과하는 지점으로서, 세계-안에-놓여 있는 수동적인 것이 아니라, 과거의 경험을 안고 미래를 향해 나아가는 것이다.

그럼에도 불구하고 몸은 오랫동안 은폐하고 금기해야 할 대상으로 여겨져 왔다. 이는 플라톤 이래 데카르트에 이르기까지 인간의 몸을 열등하고 의심스러운 것이라고 간주해 온 서양철학의 뿌리 깊은 유산에서 기인한다. 데카르트의 '코기토 명제

(Cogito, ergo sum)'에서 '생각하는 능력'은 인간의 본질을 규정하는 우선적 요소가 되고 몸은 기계로 묘사된다. 이는 몸을 부정적인 것으로 간주하는 '몸 부정의 철학'과 연결되어 서구철학의 오랜 전통으로 군림해왔던 것이다.

그러나 이제 몸의 부재를 말하는 것은 설득력이 없다. 90년대 이후 부각된 포스트모더니즘담론 및 새로운 기술과 관련된 사회적 변화는 '정신' 우위의 영역에서 은폐되었던 몸을 개성의 발현체로, 미적/선정적 교환가치로, 아름다움과 건강의 기호로, 하나의 자산으로 부상시켰다. 이제 몸은 개인을 향한, 개인을 위한, 개인에 의한 투쟁이 되었다. 자기 몸 연출을 위한 투쟁과 그에 따르는 고통의 감내는 이 시대 개인에게 부과된 의무인 것이다.

젊고 건강하고 아름다운 몸은 곧 자본이고 권력이므로 고치고, 수리하고, 펴고, 치장하는 몸에 대한 배려가 '시대정신'이 되고 있는 것이다. 이 기준에 맞춰진 몸이 좀 더 나은 사회적 지위와 생활을 보장하고, 이 기준에 맞지 않을 경우 게으르거나 자기 절제력이 부족하다는 식의 윤리적 가치판단마저 가해지기 때문에, 사람들은 필사적으로 몸만들기 열풍에 동참함으로써 자신의 경쟁력을 높이려한다.

이러한 분위기 속에서 '살아있는 몸'은 오히려 점점 죽어간다. 다이어트, 헬스, 패션, 미용문신, 피부 관리 등으로 자기 몸을 개조하고 통제해가는 가운데 '살아 있는' 존재로서의 몸 본래의 의미를 잃고 하나의 상품이거나 소비품, 혹은 물질(자본)로 전락해 가고 있는 것이다. 여기서 질문해 볼 것은 이렇게 관리되고 통제되는 몸이 과연 우리를 얼마나 자유롭게 하는가 하는 것이다.

몸은 물질이지만 결코 단순한 물질이 아니다. 몸은 세계와 관계하는 도구이자, 세계를 만나게 하는 창이다. 우리가 와인을 마실 때 혀를 두르는 달콤함 눈에 보이는 광경들 분분히 지는 꽃잎 바람에 흩날리는 머리카락, 코로 맡는 향기 그 다채로움. 그 모든 것은 몸으로 경험할 수 있고 몸이 먼저 기억한다. 그러나 이 시대의 정신, 곧 자본주의 정신은 세계와 관계하지 못하게 한다. 오히려 나를 가둔다. 혹여 나에게 피해가 되지 않을까, 먹고 싶고 맡고 싶고 보고 싶고 만지고 싶은 것을 통제한다. 하나 몸이 죽으면 그 모든 것은 끝난다, 죽은 몸이 무엇을 할 수 있는가.

몸은 세계에 개방돼 있고, 세계를 향해 열린 창이다. 정신은 폐쇄적이고 과거적이고 보수적인 반면, 몸은 진보적이다. 몸이 항상 먼저 세계로 나아간다. 정신이 강할수록 육체능력은 떨어진다. 정신력을 강화하기 위해 밥을 굶거나 자해하는 일만큼 어리석은 일은 없다. 몸이 피곤할 때 판단력이 얼마나 흐려지는가.

우리 몸은 악기와 같다. 몸은 피아노고 바이올린이다. 수천 곡의 음악을 만들 수 있다. 악기인 몸은 연주자를 원한다. 잡음을 내는 서툰 연주자가 아니라, 아름다운 소리를 내는 연주자. 그 아름다운 소리 그것이 우리가 진정 원하는 정신 아닐까. 누군가를 사랑한다는 것은 그 악기를 만지는 일이다. 악기의 특징은 만져야 소리가 난다는 것이다.

악기는 아무나 만지기를 원하지 않는다. 만지는 이에 따라 불협화음이 나기도 하고 아름다운 곡조가 흐르기도 하는 악기는 자신의 결에 맞는 활 혹은 연주자와의 만남을 원한다. 바이올린은 기다린다, 활을. 그 활은 물이 될 수도 꽃이 바람이 음악이 사람이 될 수도 있다. 이 세상의 나 아닌 그 모든 것이 활이 되어 나를 울린다. 몸은 '나'라는 사람은 악기이며 손을 타고 틈나는 대로 사랑해주지 않으면 리셋되고 만다. 물질이지만 단순히 물질만이 아닌 몸 생명체에게 몸만큼 중요한 것은 없다. 살아있다는 것은 악기를 하나 가지고 있다는 것 우리가 잘 산다는 것도 나라는 악기를 아름답게 울리는 일이다.

행복한 삶이란?

　행복에 대한 것이라면, 그것이 무엇을 의미하든 인간에 대한 이해에서부터 시작해야 할 것이다. 인간은 동물과 다르다. 어떤 의미에서 인간은 동물보다 더 미숙한 존재이다. 동물은 태어나는 순간 두 발로 걷는다. 출산할 때 흘리는 피 냄새는 포식자의 예민한 후각을 자극하고, 그 순간 위험에 노출되기 때문에 동물은 태어나는 순간 스스로 일어나 걷고 얼마 지나지 않아 달리기도 한다.

　그러나 인간은 그렇지 않다. 태어나서 한동안은 스스로 걷거나 달릴 수 없다. 어머니로부터 분리되는 그 순간 인간은 철저하게 비결정적이고 불확실하며 개방적인 상황으로 내몰린다. 확실한 것은 오직 과거에 대해서 뿐이고, 미래는 알 수 없다. 미래에 대해 알 수 있는 것은 자신이 죽어야 한다는 사실 뿐이다.

인간이 동물과 다른 점은 바로 이 '앎'이다. 인간은 자신, 동료, 자신의 과거나 미래의 가능성을 알고 있다. 우리는 자신을 따로 떨어진 실재로 인식하고 자신의 생명이 매우 짧음을 알며, 자기 의지와는 무관하게 태어나고 죽는다는 사실과 자신이 사랑하는 사람보다 먼저, 또는 그들이 자신보다 먼저 죽을 것이라는 사실에 대해서도 알고 있다. 세계에 내던져진 자로서의 고독과 분리, 그리고 자연과 사회의 힘 앞에서 무력하기 짝이 없다는 사실에 대해서도 알고 있다.

그래서 인간은 자신과 다른 타인, 혹은 외부 세계와 어떤 형태로든 결합하려고 한다. 정신분석학자 프로이트는 이 분리의식이 격렬한 불안감을 자아내며, 그 불안이 인류를 발전시켜 온 원동력이라고 말한다. 아주 틀린 말은 아니다. 사실 불안이 인류문명을 발전시켜왔다. 분리의 불안을 극복하기 위해 인간은 집단을 이루고, 부족을 이루고, 국가를 이루며 문명을 발전시켜 온 것이다.

그런데 문제는 이 집단 공동체가 개인의 정체성을 말살시키고 우리의 행복을 앗아가고 있다는 점이다. 우선 한 집단이라는 공동체에 소속될 때, 나는 다른 사람들과 같아야 한다. 다른 사람들과 다른 감정이나 생각을 갖고 있어서는 안 되며, 모든 생각과 관습, 의복, 사상을 집단의 유형에 일치시켜야 한다. 여기서 동일성의 논리와 소유의 개념이 만들어진다.

집단적 동일성은 인간을 전체 하나의 틀로 묶어버림으로써 각 개인의 고유한 정체성, 주체성을 가질 수 없게 한다. 이 속에서 우리는 온전한 자유도 행복도 느낄 수 없다. 특히 지금의 현실은, 우리가 살아가는 자본주의는 우리에게 자유와 행복을 느낄 시간조차 주지 않는다.

어릴 때는 학교로 학원으로 바쁘게 돌아다녀야 하며, 성장해서는 직장에서 이리저리 종일 끌려다녀야 한다. 밤이 와도 편히 생각할 시간이 없다. 휘황한 불빛은 우리를 밥집으로 술집으로 이끌고, TV나 컴퓨터, 스마트폰 앞에서 시간을 보내게 한다. 혼자 자신을 생각할 시간을 주지 않는다. 자신이 행복한지 불행한지 생각할 겨를도 없다. 어떻게 할 것인가.

우리에게는 고독할 시간이 필요하다. 혼자 고독할 시간, 이것이 행복을 찾는 지름길이다. 행복은 고독을 전제로 한다. 철저히 혼자 있는 것, 이때의 외로움, 쓸쓸함, 불행, 슬픔의 감정이 전제될 때 우리는 행복을 느낄 수 있다. 내 곁에 아무도 없다는 처절한 고독 속에서 우리는 타인의 소중함을 느낀다. 철저히 혼자 있을 때 누군가 나에게 전화를 걸어오거나 말을 건네 올 때, 그 사람이 얼마나 고맙게 느껴지는가.

우리의 공동체는 각 개인에게 고독할 시간을 허용해 주어야 한다. 동일성의 논리로 인간의 정체성을 전체 하나의 틀로 묶을 것이 아니라, 전체 속에서 홀로 거(居)하는 각 개인의 정체성, 주체성을 인정하고 그 존재가 고독할 시간을 만들어 주어야 한다. 우리는 공동체를 위해 희생해야 하는 존재가 아니다.

우리는 타인을 가질 수도 없고, 알 수도 없다. 아무리 고통스럽고 아프고 슬퍼도 타인은 내 감정을 완전히 공감하지 못한다. 우리가 같은 공간에서 함께 웃고 슬퍼하지만, 그 웃음과 슬픔의 의미는 같지 않다. 같은 영화, 같은 드라마를 보아도 각자 몰입하는 장면은 다르며, 그것을 받아들이는 느낌 또한 다르다. 그 삶의 환경과 경험이 다르기 때문이다.

우리의 내면은 다른 사람이 결코 알지 못한다. 다만 '외롭다'거나 '슬프다'라는 언어를 사용할 때, 우리는 자신의 경험이나 자기감정에 비추어 다른 사람의 마음을 짐작할 뿐이다. 타인은 절대 나의 감정을 알지 못한다. 그럼에도 불구하고 그 타인이 나와 함께 하면서 나의 슬픔과 아픔을 위로해 준다는 것은 내게 얼마나 큰 축복이고 행복으로 다가오는가.

우리는 내 곁에 누군가가 있다는 사실을 당연하게 생각하지 않아야 한다. 내 곁에 친구가 있다는 사실은 결코 당연한 것이 아니다. 우리는 누구나 혼자다. 타인은 나의 소유물이 아니며, 결코 영원히 함께하지도 못한다. 친구도 부모도 언젠가는 내 곁을 떠난다. 살아서 떠날 수도 있고, 죽어서 떠날 수도 있다. 어쩌면 살아서 떠나보내는 것이 죽어서 보내는 것보다는 더 행복한 일일 수 있다.

우리는 이것을 생각해야 하고, 공동체는 이런 생각을 할 여유를 주어야 한다. 행복은 타인과의 관계를 통해서 느낄 수 있으며, 그것은 철저한 고독을 경험했을 때만 느낄 수 있을 것이다.

꿈을 버려라

인간은 누구나 자기만의 꿈이 있다. 단 한 번밖에 없는 인생에서 자기 꿈을 실현하는 일, 그 얼마나 멋있는 일인가. 그래서 우리는 오늘보다 더 나은 내일을 꿈꾸며, 자녀들에게도 꿈을 가지라고 말하기도 한다. 그러나 꿈을 꾸기만 해서는 꿈을 실현하기 어렵다.

최근 젊은이들이 "꿈이 없다"고 고민하는 이유도 여기에서 기인한다. 우리 사회는 그리고 부모는 꿈을 꾸고 꿈을 가지라고 말하는데, 정작 자신은 정작 "꿈이 없다"는 생각이 들기 때문이다. "꿈이 없다"는 사실에 너무 집착하기 때문에 고민이 깊어진다는 것이다. 그러나 꿈을 꾸어서는 안 된다. 꿈과 이상은 미래, 혹은 추상적인 것과 관련된다. 미래와 이상은 머릿속에만 있다.

그 미래를 걱정해서는 현재에 몰입할 수 없다.

우리는 꿈이 너무 과잉돼 있다. 고등학생들은 대학입학이라는 꿈을 이루기 위해 3년을 죽도록 공부하고, 대학에 입학해서는 취업을 위해 죽도록 공부한다. 삶의 즐거움을 맛보거나 향유할 시간은 없다. 목표를 달성하기 위해 그저 달려가기만 할 뿐, 지금-여기, 이 순간의 아름다움이나 즐거움은 다 버리거나 보류하는 것이다.

그러나 그러는 동안 세계는 계속하여 변하고 정권도 바뀐다. 세계가 바뀌고 정권이 바뀌면서, 현재 내가 가치 있다고 생각했던 것들도 무가치한 것으로 바뀐다. 나의 20대는 80년대다. 80년대 우리나라는 독재정권, 기계문명이 사회를 이끌어가던 시대였다. 이 시기 젊은 학생들은 공고나 상고, 혹은 공대, 상대로 진학하는 것이 최고의 목표였고 가치였다. 모두가 반드시 대학에 가야 한다는 생각도 거의 하지 않았다. 공고를 졸업해도 취업은 충분히 가능했기 때문이다.

그러나 지금도 여전히 그러한가. 내가 되어야 할 이상(理想)을 미리 꿈꾸지 않아야 한다. 성숙한 사람은 혹은 현자들은 꿈을 꾸지 않는다. 우리가 인생에서 배우는 것은 '꿈은 꿈일 뿐이다'는 것밖에 없다. '꿈이 있다'는 것도 '꿈이 없다'는 것과 같다. 양쪽 다 '꿈에 집착'하기는 마찬가지인 것이다. 꿈을 많이 꿀수록 인생은 살아가기 힘들어진다. '꿈'이라는 그 자체를 머릿속에서 지우는 것이 중요하다.

과정철학의 대가 베르그송은 "'없다'라는 것은 '있다'라는 것보다 한 개가 더 많다"고 말한다. '없다'라는 것은 '있다'를 전제로 한다는 것이다. 즉 "꿈이 없다"는 '꿈'+'없다'로 정리할 수 있으며, 이것은 '꿈'+'있다'와 같은 의미로서, 하나가 더 있다는 것이다. '친구가 없다', '스펙이 없다'도 마찬가지다. 여기서 '없다'는 '있음'을 전제로 한 결여의식이다.

이 세상에 없는 것은 없다. 세상은 있음으로 가득 차 있다. 없음은 머릿속에서만 있으며, 그것은 관념의 문제다. 그러므로 '없다'는 그 자체를 인식하지 않는 것이 중요하다. '꿈이 없다'라고 생각하는 순간 우리는 꿈에 집착하게 되며, 집착하게 되는 순간 현재를 향유할 수 없다.

장자가 제시하는 무아(無我)나, 소요유(逍遙遊) 또한 바로 이러한 상태를 의미한다. 무아란 세상이 만들어 놓은 생각(관념)을 버리고, 있는 그대로의 나(혹은 세상)을 보는 것을 말하며, 소요유(逍遙遊) 또한 인생을 하나의 놀이로 생각한 데서 나온 말이다.

가령, 아이들이 노는 것을 한번 떠올려 보자. 아이들이 흙이나 장난감을 가지고 놀 때, 아이들은 무엇을 만들고 또 무너뜨리기를 반복하며 즐겁게 논다. 우리가 산에 오르는 것도 마찬가지다. 힘들게 산을 오를 때 우리 머릿속에는 잡념이 생기지 않는다. 오로지 내 발소리, 그 숨찬 느낌, 호흡 소리밖에 들리지 않는다. 여기서 어떤 걱정이 관념(이상)이 끼어들 수 있겠는가.

우리가 이루어야 할 가장 큰 꿈은 그 꿈(관념)을 없애는 것이다. 좋은 사람을 만나고 흥미로운 영화를 볼 때, 우리는 거기에 집중할 뿐 먼 미래를 생각하지 않는다. 꿈을 꾼다거나 꿈을 가지라는 말은 다 쓸데없는 소리다. 우리 삶은 뜻대로 안 된다. 꿈은 우리를 옥죄고 제대로 향유하게 하지 못하게 한다. 꿈과 목표의식을 없애라. 무엇을 하겠다고 꾸는 그 꿈은 개꿈이다.

　꿈은 '꾸는 것'이 아니라, '사는 것'이다. 먼 미래가 아니라, 지금 현재를 바탕으로 구체적으로 생각해야 한다. '좋아 보이는 것'과 '좋아하는 것', '해야 할 일'과 '하고 싶은 일', '바람직한 일'과 '바라는 일', 그 '사이'에 자신을 두고, 삶의 순간 순간 그 미묘한 갈림길에서 자신이 가장 좋아하는 것, 하고 싶은 것을 선택해야 한다.

　지금 내가 좋아하는 것, 하고 싶어 하는 일은 결코 막연하지 않다. 꿈도 마찬가지다. 현실이 구체적으로 보일 때 꿈은 꿈이 아니라 전쟁으로 다가온다. 꿈 때문에 현실이 극복해야 할 무엇으로 느껴질 때 우리는 준비를 한다. 준비하는 사람에게 꿈은 그냥 꿈으로 머물러 있지 않다. 공포로 다가온다. 산을 오르려고 하는 순간 산은 그저 풍경으로만 다가오지 않듯이, 꿈도 압박으로 다가온다.

　그 압박을 피하지 말아야 한다. 압박으로 인해 꿈을 포기하는 사람은 결코 꿈을 이룰 수 없다. 산행을 해 본 사람은 안다. 산을 오르는 일이 얼마나 힘겹고 고통스러운 일인지, 왜 다시 산을 내려와야 하는지. 지금 하고 싶은 일이 있다면, 꿈이 있다면 그 꿈을 반드시 이루어라. 그리고 이룬 다음에는 그 꿈을 버려라. 산을 올랐다 내려오기를 반복하는 것처럼, 꿈을 이루고 또 그 꿈을 버리는 일을 거듭해야 한다. 그 반복이 자신을, 세계를, 우리 역사를 변화시켜 나가는 원동력이 될 것이다.

여행, 그 아름다운 도전

여행은 본디 어떤 목적을 두고 떠나는 것이 아니다. 어떤 목표지점을 향해 가는 것이 아니라 떠남, 그 자체가 목적이 되는 것이 바로 여행이다. 흔히 인생을 여행에 비유하는 것도 이런 이유에서다. 우리 삶은 태어나는 순간부터 죽음에 이르기까지 계속하여 여행하는 과정에 있다. 우리는 어제의 나로부터 계속 떠나는 과정에 있으며, 결코 과거로 되돌아갈 수 없고, 미래도 알 수 없다.

그럼에도 우리는 늘 여행을 어떤 목적(지)을 향해 떠나는 것으로 생각한다. 어떤 볼일을 목적으로 다른 고장이나 외국으로 가는 일, 혹은 시간과 경제력이 허용되는 대로 떠나는 취미생활을 여행으로 생각하는 것이다. 하지만 직업상 이 고장 저 나라

로 돌아다녀야 하는 일을, 많은 시간과 돈을 들인 호화여행을
과연 진정한 여행이라 할 수 있을까.

여행은 남과 다른 나를 발견하고 내 삶을 새롭게 살기 위해
필요한 자극제이다. 낯선 곳, 낯선 지대로 나를 끌고 가 나와 '다
른' 삶, 나와 다른 '그들'을 속에서 낯선 '나'를 보고 나를 알고 나
로 살아가기 위해 필요한 것이 바로 여행이다. 그러니까 여행은
미지의 세계를 향한 일종의 도전이다.

다르게 얘기하면 여행은 자신을 경계에 세우는 일이다. 아이
가 독립적 주체가 되기 위해, 자기 몸을 틀고 밀어 어머니의 자
궁 입구로 나오듯이, 자신을 경계에 세울 때 여행은 비로소 시
작된다. 그 여행은 우리에게 결코 즐거움만을 안겨주지 않는다.
자유에 고통이 따르듯이, 행복에 고독이 필요하듯이, 여행에도
고통과 고독, 불행이 따르기 마련이다.

그러나 더 불행한 건 아무것도 실행하지 않는 것이다. 아무것
도 실행하지 않는 데서 어떤 즐거움을 느낄 수 있겠는가. 굳이
많은 비용을 들인 여행만을 생각할 필요는 없다. 가까운 교외도
좋고 산이나 바닷가 그 어디라도 좋다. 생을 낯설게 느낄 수 있
는 곳, 새로운 시작을 할 수 있게끔 자극을 주는 곳이라면, 그곳
이 어디든 떠날 필요가 있다.

세상은 넓다. 내가 태어나 자란 곳은 그 나름의 정다움과 익
숙함, 편안함이 있지만, 도전과 모험에서 얻는 신선한 즐거움을
맛볼 수는 없다. 여행은 우리를 단련시키고 인간에 대한 이해와

배려, 관용도 배우게 해주며, 무엇보다 세상을 크고 넓게 보는 통찰력을 갖게 해준다.

장자에 송나라 상인 이야기가 있다. "송나라 상인이 모자를 밑천 삼아서 상자를 할 계획으로 월나라에 갔다. 그런데 월나라 사람들은 머리를 짧게 깎고 문신을 하고 있어서 모자가 필요 없었다.(宋人資章甫而適諸越 越仁斷髮文身 無所用之)" 이때 송나라 상인은 어떤 마음이었을까. 그는 송나라로 돌아갈 것인가, 월나라에 머물러 있을 것인가.

우리는 그를 우물 안 개구리라고 말할 수 있겠으나, 그의 입장에서 보면 월나라의 문화를 미리 알지는 못한다. 그러나 그 기회를 통해 월나라의 문화를 알게 되었다. 만일 상인이 송나라로 돌아가면 송나라 문화에 갇혀 살게 되겠지만, 월나라에 머물면서 월나라문화에 적응하는 시간을 갖게 되면 송나라와 월나라 문화를 모두 알게 될 것이다.

장자가 이 일화를 통해 말하려는 것도 결국 참된 의미로서의 여행, 혹은 경계선적 삶을 강조하기 위해서는 아닐까 싶다. 경계에 서 있는 사람은 어느 하나만을 취하지 않는다. 어느 한쪽에 갇혀 있지 않는다. 남의 말을 들으며 나는 어떻게 말할까, 남의 글을 읽으며 나는 어떻게 쓸까를 생각한다. 거기서 자신만의 힘이 나오며 진정한 자신을 삶을 살아갈 수 있다. 그래서 장자는 도행지이성(道行之而成), 즉 길은 다녀야 만들어진다고 말한다.

여행은 이러한 나를 만들기 위해 필요한 것이다. 어떤 목적지에 도착하기 위해서가 아니라, 시간에 쫓겨 빠르게 지나치며 사진만 찍고 급히 돌아오는 것이 아니라, 그 자체가 목적이 되는 여행, 그 자체를 즐기는 것이 곧 여행이다. 우리 인생도 이런 여행으로 이어져야 한다. 어떤 목적을 위한 수단이나 준비가 아니라, 그 자체가 목적이 될 때, 우리 삶은 하나의 축제가 될 수 있고 진정한 자유인으로서의 내 삶을 살아갈 수 있다. 바람 불고 비오는 이 계절, 저 비바람을 즐겁게 맞으며 나아가고픈 마음, 나는 그런 여행을 계획한다.

진정한 리더

인간은 고독한 혼자로 살아갈 순 없다. 서로 엉켜서 살아가며, 그 엉켜 있는 속에서 자기 스스로의 생존, 그 존재성을 드러내고자 한다. 이와 더불어 한 집단 안에서 리더의 역할을 하고 싶어 한다. 허나 리더는 하고 싶다고 누구나 할 수 있는 것이 아니다. 한 집단의 조화를 유지하고 그 단체에 속한 사람들이 행동하는 데 방향을 제시하는 리더십을 갖추고 있어야 한다. 무엇보다 그 구성원들의 말에 귀를 기울이겠다는 마음이 전제되어야 한다. 구성원들이 원하는 것이 무엇인지, 그들이 진정으로 바라는 것은 무엇인지 그들의 마음을 읽어야 하고, 또 들어야 한다. 자신이 보고 싶은 것만 보고 듣고 싶은 말만 듣는 사람은 진정한 리더가 될 수 없다.

그런데 이 리더의 의미를 잘못 알고 있는 사람이 많다. 자식이나 아내의 말을 무시하는 가장, 구성원들의 말을 묵살하는 각종 단체장, 민심을 살피지 않는 정치인들이 바로 그러한 사람들이다. 이들은 대부분 자기 목소리를 내는 데만 급급하다. 자신보다 강한 힘을 가지고 있다고 생각되는 사람 앞에서는 비굴하게 여겨질 만큼 굽실거리지만 자기보다 힘이 없거나 약하다고 생각하는 사람에게는 함부로 대하는 태도를 보이는 사람도 많다. 대학사회에서도 그렇고, 예술인 사회에서도 그렇고, 학문사회에서도 그렇고, 소위 최고 지성인들이라는 인간사회 속에서 공통적으로 발견된다.

정치인들은 특히 사람들의 주목을 많이 받는 위치에 있기에 눈에 띌 수밖에 없다. 매스컴에 비친 그들의 관심은 민심을 살피고, 민심을 대변하여 법을 만드는 데 있지 않고 오로지 정당을 만들고 당의 힘으로 공동 이익과 공동방위 내지는 공동출세를 하는 것에만 집중해 있는 것으로 보인다. 그저 표만 모으면 되고, 거수하는 손만 모으면 된다. 상대방을 헐뜯고, 수단방법 가릴 것 없이 깎아내리는 것은 기본이다. 거칠게 말해서, 두목은 졸도들을 긁어모아 그들을 이용하고 졸도들은 두목을 거들은 대가로 맞지도 않는 감투들을 나누어 받고 무자비하게 남을 짓밟는다. 이것이 한국적 민주주의라는 것이다.

민주주의라는 것이 국민의 주권을 행사하는 것이고, 지성이 우리 삶의 질을 드높이기 위하여 요구되는 것임에도 불구하고 오히려 우리의 삶을 파괴하는 요인이 되고 있으니 안타깝고 슬프다 못해 분노가 일어난다. 물론 그들도 인간이다. 인간은 원래 온전한 것이 못되고, 말은 훌륭하나 행동이 그에 따르지 못하는 이도 허다하다. 허나 적어도 어떤 단체의 장은, 리더는 그 구성원들 앞에서 행세하는 데 마음을 쏟아서는 안 된다. 리더는 정신은 드높되 자기 자신을 다른 사람보다 낮은 데 위치시켜야 한다.

그리고 진지한 자세로 구성원들의 이야기에 귀 기울여야 한다. 그렇다고 모든 사람들의 고민을 일시에 해결할 열쇠를 내밀라는 것은 아니다. 그저 한 사람 한 사람의 말에 귀 기울이고 그 무리, 그 단체가 어떻게 나아가야 할지 가늠하면서, 구성원들이 상황을 냉정하게 바라볼 수 있도록 정신적 여유를 갖게 하는 것만으로도 충분하다. 리더는 주장하기보다 듣는 것이 먼저다. 이성이나 논리보다 감정과 감동으로 경청하고 행동하려는 사람, 그런 사람이 리더가 될 수 있다.

동양에서는 이런 사람을 성인(聖人)이라고 한다. 성인(聖人), 이 글자를 연필로 한번 써보자. 성(聖)이라는 글자를 쓸 때, 우리는 먼저 '듣는 것(耳)'부터 쓴다. 그 다음 '말하기(口)'를 쓰고, 마지막으로 그 말에 책임을 져야 한다는 뜻의 글자(壬)를 받쳐 쓴다. 그러니까 먼저 듣고, 말하고, 거기에 책임을 지는 사람(人)이 곧 성인(聖人)이라는 의미다.

성인은 남의 말이나 남의 생각을 그대로 따라하지 않는다. 상대의 말을 듣고 거기에 대한 자신(만)의 생각을 말한다. 자신만의 생각, 신념, 가치관을 가진 사람은 어느 한쪽만을 취하지 않는다. 어느 한쪽이나 한편만을 취하는 자는 리더가 될 수 없다. 리더는 이쪽저쪽을 모두 보고 어느 부분은 취하거나 버리는 방향으로 자신 신념을 새롭게 세운다. 그리고 스스로(自) 자기 삶을 끌고 간다. 이런 사람에게는 카리스마가 있고 삶의 향기가 있다.

성인은 이 세계의 흐름 어떤 조짐을 읽을 수 있는 통찰력을 가지고 있다. 이 세계에 어떤 흐름이 있어서 저런 조짐이 보이는가, 세계가 어떻게 달라지고 있기에 이런 현상이 일어나고 있는가, 그 흐름을 감지하면서 스스로의 삶을 새롭게 변화시키고 행동해나간다.

그런 사람은 굳이 자기주장을 강하게 펼치지 않아도 사람들이 따르게 되어 있다. 진정한 리더란 자기주장을 잘 펼쳐서가 아니라 잘 들음으로써 얻어지는 것, 누군가의 말을 따르는 것이 아니라 스스로 자기 삶의 주체로 살아가는 것이다. 리더가 되려면 입보다 귀를 열 것, 스스로의 신념과 가치로 살아갈 것. 이것이 무엇보다 중요하다.

시인과 명사

문인들이 참 많아졌다. 그토록 무수한 '문학 위기설'에도 불구하고 문인들은 기하급수적으로 늘고 있는 것처럼 보인다. 길 가다가 '작가님' 하고 부르면 열에 한 명은 뒤돌아볼 정도라고 해도 과언이 아니다.

사정이 이렇게 된 데는 그간 문학 내부와 외부에서 일어난 크고 작은 변화뿐 아니라, 새로운 기술·매체의 발전과 출판시장의 구조 변동 등 현실적 변화도 간과할 수 없을 것이다. 현실의 변화가 문학 환경에도 변화를 일으켜 문학위기설을 몰고 왔고, 그것이 또한 '문학이 무엇인가'에 대한 근원적 질문을 던지게 함으로써 문학의 주제, 문학의 공간, 생산주체 또한 다채로워진 것은 사실이다.

어찌되었건 그런저런 이유로 문인이 많아졌다는 것은 매우 고무적인 현상이라 할 수 있다. 문인들의 숫자가 밤하늘에 반짝이는 별만큼 많아졌다면, 우리의 미래 또한 그만큼 밝고 환하다고 볼 수도 있을 테니까. 그러나 안타깝게도 문학의 미래는 여전히 밝아 보이지 않는다. 십수 년 문학의 가장자리에서 얼쩡거려왔지만, 뻔하고 원론적인 이야기, 즉 문학정신, 시 정신, 진지성, 반성적 사유를 토대한 문인들은 그리 많아 보이지 않는다.

문학을 내세우지만, 작품 안에 작가가 들어있지 않는 경우가 더 많다. 혹자는 쏟아져 나오는 대개의 작품들이 인간 삶에 대한 근원적 인식에는 도달하지 못하고 있다는 지적을 하기도 한다. 이는 문인들이 삶과 문학에 대한 근원적 질문이나 성찰의 시간보다 문학적 지식과 수사적 기교를 연마하는 데 더 집중한 결과가 아닐까 싶다.

물론 문학을 하는 데 어느 정도의 지식과 수사적 기법은 꼭 필요한 요건이다. 사물에 대한 깊은 이해와 인식, 문학 이외의 여러 학문에 대한 어느 정도의 해박함, 예술 일반에 대한 조예 등이 갖추어질 때 좀 더 훌륭한 작품을 제작할 수 있다.

문제는 능숙한 기교의 숙달로 문학적 성과를 얻으면, 그것을 자기 과시를 위한 수단으로 사용하는 문인들이 많다는 것이다. 유명세를 확보하여 문학 단체를 만들고, 단체 안의 장이 되고, 문학잡지를 발간하여 수많은 독자들을 현혹하는 경우도 있다.

심지어 등단 이후 글을 거의 쓰지 않는 경우도 있다. 문학에 대한, 삶에 대한, 고민이나 성찰보다 문단활동을 하는 데 더 치중하고, 어디 문학회니, 어디 동인이니, 명함을 뿌리면서 자기를 알리는 데 열중하는 문인들도 많다. 이것은 나뿐 아니라 많은 이들이 느끼고 공감하는 바이다.

그러나 과연 그 안에 문학이 있을까. 문학을 자기 과시의 발판으로 이용하는 이들, 문단 활동만 열심히 하는 이들을 과연 문인이라 할 수 있을까. 어쩌면 이것이 문학 위기를 불러오는 가장 큰 요인이 아닐까. 문학을 한다면 최소한 자의식은 있어야 한다. 왜 글을 쓰고 싶은지, 혹은 써야 하는지, 문학에 대해, 인간 삶에 대해 깊이 숙고하는 시간이 그래서 필요하고, 스스로의 삶과 행위에 대한 고민도 그래서 더 많이 필요하다.

문학은 삶에 대한 모색이지 자기 과시를 위한 수단이 되어서는 안 된다. 문학, 특히 시는 대대로 자기 응시의 문학이었다. 시인은 세상을 보고, 집단을 보고, 타자를 보면서도 결국 자신을 보았다. 보고 듣고 맡고 맛보고 만지며 느끼는 것들, 부조리하고 불합리한 여러 사회적 조건들을 감지하면서도, 시인이란 존재들은 자기 명상과 깨달음이 모여 있는 '안'을 들여다볼 수밖에 없었다.

시라는 것은 그런 고민과 깨달음을 자기 내면에서 걸러내고 정리한 결과물이다. 시를 통해 나를, 그리고 나를 있게 하는 너를 바라보고, 현상 너머의 어떤 실체에 의미를 부여하는 것이 진정한 시쓰기이며, 이를 위한 자기 응시는 시인이 맨 먼저 갖추어야할 조건이라고 나는 생각한다.

기법이나 기술이 다소 미흡하더라도 자기 깨달음, 자기만의 감수성을 진정성 있게 드러내는 것, 그리고 자기 삶과 문학을 치열하게 갱신해 나가는 것, 이것이 시인에게 가장 중요한 것이 아닐까 한다.

그렇다고 해서 시인이 특별한 인간이고, 고귀한 인간이고, 훌륭한 인간이라고 말하는 것은 아니다. 다만 시를 쓰는 자라면, 가장 원론적인 것, 시 정신을 잊지 않아야 한다는 것이다. 좀 더 정직하고, 좀 더 양심적인 태도를 가지고, 자신과 세계를 진지하게 들여다보고, 그 성실한 자기 응시 속에서 얻어지는 자기 판단, 자기 정립, 자기 기록, 그것이 무엇보다 중요할 것이다.

독자들이 필요로 하는 문학은 명사가 쓴 문학이 아니라, 글쟁이가 쓴 글이 아니라, 가장 인간다운, 그 진지한 시인정신과 삶이 하나로 어우러지는 그 육성의 언어일 것이다. 나는 그러한 시, 그런 작품을 쓰는 시인을 만나 서로 소통하며 아직 빈약한 내 세계를 든든히 보강하고 싶다. 그러나 어디에 있는지, 문인은 많아도 쉬 보이지 않는 참 암담한 날들이다.

늙는다는 것

일반적으로 어느 사회에서나 죽음보다는 삶이, 늙음보다는 젊음이 낫게 평가된다. 그러나 젊음 혹은 현재의 삶이 만족스러운 경우는 매우 드물다. 삶이 고통의 바다라는 말도 이를 가리킨다. 현재의 질곡이 심할 경우 인간은 종교를 통해 내세에라도 꿈을 실현하기를 기원한다. 심한 경우 현재는 오직 내세를 위한 과정으로밖에 간주되지 않을 수도 있다. 그러나 우리 전통문화에 있어서는 어떠한 삶도 사후세계보다는 가치 있는 것으로 평가된다. "개똥밭에 굴러도 이승이 좋다", "죽은 사람만 불쌍하다"는 등의 속담에서도 확인되는 바와 같이 한국인은 현재적 삶과 현재 상황에 대한 선호가 강하다.

그런데 여기서 주목해야 할 점이 있다. 그것은 한국인이 생각하는 본래적 삶의 양식은 삶과 죽음, 인간과 자연이 함께 어우러지는 삶, 그런 현재를 추구한다는 사실이다. 우리가 어떤 과일을 수확할 때도 그 과일을 다 따지 않고 새들의 먹이를 위해 일정부분 남겨 놓는 것도 '존재'와 함께함을 나타낸다. 최근 들어 외국인들이 우리의 음식문화(비빔밥 등)를 긍정적으로 평가하고 있는데, 그 안에는 우리민족이 상호친화적인 관계를 중시했다는 의미가 포함돼 있다.

그러나 언제부터인가 우리 삶에는 '함께'라는 말이 사라졌다. 이와 함께 늙음과 죽음도 추방돼 버렸다. 늙음과 내세는 이제 입에 올리는 것만으로도 불경스러운 일처럼 되어버렸다. 이는 말할 것도 없이 서구 개인주의와 '소유' 개념을 토대한 자본주의가 우리 사회를 잠식하고 있기 때문이다.

자본주의에서 젊고 아름다운 것은 선한 이미지로 빠르게 생산 소비되는 반면 늙음은 '생산적이지 못한 저품질'로 무력하게 무시된다. 젊은이들의 문화가 긍정되고 격려되는 것에 비해 '늙은이'의 문화는 곳곳에서 소외되거나 배재되어 무시무시한 폭력을 행사한다.

늙은 몸은 요양원에서 '관리'되고 죽은 시체는 장의사에 의해 '처리'된다. 요양원에서 생활하는 노인들은 법의 지대에서도 비껴나 있다. 요양보호사들은 자신들의 편의를 위해 치매를 앓거나 중병에 걸린 노인들의 손발을 묶어놓거나 때로 폭력을 행사하기도 한다. 법의 사각지대에서 일어나는 언어폭력 및 육체적

폭력은 노인들의 삶을 너무나 황폐하고 피폐하게 만든다. 뉴스에서 이러한 사실을 접할 때마다 슬프다 못해 분노가 일어난다.

　노인 자살문제가 대두되는 것도 이와 무관하지 않다. 전통적 대가족제도가 무너지고 평균수명이 길어지는 고령화사회에서 노인자살은 자식에게 버림받고 우울증에 시달리거나 오래된 지병에 의한 경우가 대부분이다. 물론 경제적으로 여유가 있고 아직 건강이 허락되는 노인들의 삶은 조금 다르다. 아직 젊고 건강하고 경제적 여유가 있는 노인들은 콜라텍이나 락카페나 노인대학 등에서 말벗이 될 친구도 사귀고 인연이 되면 연인으로 발전하는 경우도 있다. 그러나 노인들의 사랑은 젊은이들의 사랑과 비교할 바가 못 된다.

　노인들은 서로 사랑하고 동거를 하게 되더라도 음성적으로 할 수밖에 없다. 이는 노인들의 재혼에 대한 주변의 곱지 않은 시선 때문이다. 부모의 재산을 탐하는 자식들의 심리나, 점잖지 못하다거나, 주책이랄지, 부적절한 무엇이라고 느끼는 주변사람들의 곱지 않은 그 시선들 말이다. 그러나 친구와 연인의 필요, 그에 따른 몸과 마음의 활기는 남녀노소를 불문하고 누구나 가지는 생의 욕구이다.

　여러 가지 제반 문제로 재혼이 어렵다면, 자연스럽게 이루어지는 노인들의 동거는 부정되거나 거부되어서는 안 될 것으로 생각된다. 특히 평균수명이 늘고 독거노인이 늘어가는 현실에서는 더욱. 자식들이 준 용돈을 꼬깃꼬깃 감추어둔 지갑을 베개

삼아 자살한 한 노인의 죽음의 원인은 용돈 부족도 아니고, 가족 부재도 아닌, 외로움 그 자체임을 우리는 뒤늦게 깨닫는다.

그것은 단지 어떤 노인이 아니라, 곧 '나'의 문제로 돌아올 것이다. 우리는 지금 이 순간에도 조금씩 늙어가고 있다. 언젠가 병들어 운신하지 못하는 상황에 놓이게도 될 것이다. 노인 문제는 우리 일상생활의 장에서 수용되고 용해되지 않는다면 결코 해결될 수 없다. 이쯤에서 우리는 존재와 함께하고 존재 속에서 즐기는 삶을 살았던 우리의 전통양식을 진지하게 성찰할 필요가 있다. '함께'라는 인식을 기초로 다양한 사회적 장치가 제대로 작동하고 이를 수용하고 즐길 수 있을 때, 우리 삶도 진정 건강하고 아름다운 삶으로 이어질 것이다.

삶의 그림자, 죽음

인간은 누구나 죽는다. 삶의 밑자락에 흐르는 피할 수 없는 죽음, 그것이 삶의 주변을 끊임없이 선회하고 있다는 사실을 모르는 이 없을 것이다. 그러나 죽음을 늘 느끼지는 못한다. 대개는 오늘, 지금 이 순간이 영원히 이어질 것처럼 착각하며 산다. 그러다 어느 날 문득 누군가의 부음을 듣게 되면 숙연해지고 진중해진다. 한순간에 밀려오는 뭉툭하고 서늘한 느낌, 그리고 쏟아지는 슬픔. 하지만 그 슬픔이 지속되지는 않는다. 죽음은 실재가 아니라, 추상이기 때문이다.

이 세상에 죽음은 존재하지 않는다. 우리는 죽음을 볼 수도 만질 수도 없다. 실제로 존재하는 것은 죽음이 아니라, '죽어가는 일'이다. 우리는 죽어가는 너를 응시할 때 죽음을 경험한다.

나의 죽음에서 경험이란 없다. 나의 죽음은 곧 종말을 뜻하기 때문이다. 저들이나 그들 또한 마찬가지다. 저들 혹은 그들의 죽음에서 우리는 짧은 충격을 받을 수는 있지만, 진짜 죽음을 경험하지 못한다.

우리는 오직 '너'를 통해서만 죽음을 경험할 수 있다. 나와 하나를 이루었던 '너', 사랑하는 '너'의 죽음 앞에서, 너의 부재(不在) 앞에서 우리는 지독한 고통과 슬픔을 느낀다. 죽은 너는 다시 돌아오지 않고, '너'를 대신할 것은 아무것도 없다. 내가 사는 것은 오직 '너'를 위해서였다. 그런데 나는 어디를 헤매고 다녔나, 나는 얼마나 그들의 눈에 얽매여 살았나, 그것이 얼마나 가치 없는 일인가, 환히 보인다. 사지 하나를 찢어가듯 아픔을 남긴다. 이때 죽음은 '나'의 것으로 체험된다.

이런 체험을 통해 나의 삶은 한층 성숙해진다. 그러나 현대를 사는 우리에게 '너'는 없다. 우리에게 죽음은 나와 무관한 그들이나 저들의 죽음으로 다가올 뿐, 너로 다가오지 않는다. 누군가의 부음을 받으면 의례히 영안실을 찾고 형식적인 인사를 나눈 후 바삐 일상으로 돌아간다.

자본주의는 슬퍼할 시간도 허락하지 않는다. 우리를 속히 일터로 돌아가라고, 돌아가 일하라고 재촉한다. 시신을 집에 들이지 않고, 장례를 병원의 영안실에서 치르는 것도 이런 이유에서다. 심지어 TV광고에서는 품격 있는 전문 장례식장을 이용하라고 선전하기도 한다. 장례가 진행되는 그곳에서 가족과 문상객들은 고인의 모습을 볼 수 없다. 시신이 냉동실로 옮겨지기 때문이다.

우리는 가족의 죽음도 '처리해야 할 무엇'으로 여긴다. 죽음의 자리에서 '슬픔'이나 고통은 제거되고, 초상을 알리는 일, 사망신고서를 제출하는 일, 화장(火葬) 순번을 예약하는 일, 납골함을 구입하는 일 복잡한 절차만 남는다. 그리고 이 모든 복잡한 절차는 전화 몇 번으로 끝난다. 죽음은 얼마간의 부의금과 바뀌고, 부의금은 은행통장의 숫자로 남거나 수표 한 장으로 바뀌어 우리 앞에 놓인다.

이것이 어찌 살아있는 삶이라 하겠는가. 죽음도 경험하지 못하고 삶도 느낄 수 없는 우리는 산 것도 죽은 것도 아닌 좀비 아닌가. 우리가 자본주의의 무덤에서 벗어나려면, 사회적으로 살아있는 자아를 회복하려면, 살아있는 모든 것을 '너'로 볼 수 있어야 한다. 착하고 여린 것들, 가난하고 작고 보잘 것 없다고 여겨지는 것들, 버려진 것들을 너라고 느낄 수 있어야 한다. 그 너들의 죽음을 아프게 바라볼 때, 그 지독한 아픔을 감내할 수 있을 때, 삶은 살아있는 것이 되고, 우리는 좀 더 성숙할 수 있을 것이다.

보이는가, 지금 이 순간에도 계속 변해가는 저 무상한 세월이? 눈앞에서 뚝뚝 지는 저 꽃이? 무엇이든 핀 것은 지게 마련이다. 꽃도 지고 잎도 진다. 바람 불고 비 오면 비닐로 덮어줄 수 있으나, 그 떨어짐을 막을 수는 없다. 꽃은 내년에 다시 핀다고 하지 말자. 내년에 핀 꽃은 지금의 저 꽃이 아니다. 삶이란 하루하루 살아가는 것이 아니라, 하루하루 죽어가는 과정, 또 하루가 갔다고, 또 하루가 왔다고도 하지 말자. 우리 생은 "또" 라는 부사어를 쓸 수 없다. 다만 절실한 것은, 다시 볼 수 있을 까? 내일 다시 만날 수 있을까? 하는 애절함이다.

이 시대, 웃음의 의미

웃음은 무료한 일상에 신선한 활력을 제공해줄 뿐 아니라, 억눌린 우리의 의식을 해방시키는 기능을 담당한다는 점에서 인간에게 허락된 최고의 축복이라 할 수 있다. 웃음이야말로 인간의 정신과 육체를 새롭고 건강하게 갱신시켜주는 삶의 자극제인 것이다. 하지만 우리 시대에 이런 진정한 의미의 웃음이 존재할까? 억눌린 슬픔과 분노를 걷어내 주는 통쾌한 웃음이 과연 가능할까?

우리는 어떤 모임이나 가까운 친구들과의 만남, 심지어 사랑하는 가족의 얼굴을 보면서도 웃지 않는다. 다들 '웃을 일'이 없다고, 웃음이 사라졌다고 한다. 이러한 경향은 아마도 오늘의 우리 삶이 자본주의 경쟁구조 속에 편입되면서 느끼게 되는 위기의식과 허무의식, 혹은 개인주의가 확산된 결과가 아닌가 싶다. 기실 자본주의는 우리의 어떤 심리나 욕망, 본능도 자본의 영역으로 포섭하고 있으며, 그 술책에 우리는 강제든 자의적이든 편승할 수밖에 없는 실정에 이르렀다. 이에 따른 경쟁과 과도한 스트레스, 불안과 긴장은 우리를 늘 경직시키고, 얼어붙게 하고 있다.

20세기 프랑스의 철학자 베르그송은 웃음을 생명적인 것에 덧붙여진 기계적인 것이라 파악하고 웃음의 의미를 기계화된 인간 삶에 대한 일종의 사회적 징벌로 파악하였다. 이는 인간의 습관적 행위(사회화의 과정)가 생명력이 가득한 우리의 삶을 고착시키며, 인간의 인식을 고정화한다는 것이다. 따라서 웃음이란 궁극적으로 이러한 기계화된 인간 삶의 방식에 일종의 제동을 거는 일탈의 방식인 것이다.

그러나 우리는 이러한 일탈을 꿈꾸지 못한다. 이제 우리는 성공을 위해 얼굴 표정도 관리해야 하고, 때로 웃음마저 연출해야 한다. 진실한 눈물도 웃음도 가장해야 하는 시대가 된 것이다. 자본의 중심에서 배재된 자, 중심으로 편입하지 못한 자들은 이른바 기득권층, 가진 자들, 권력자들, 상류층으로 통칭되는 사람들이나 무리나 세력에 대해서 반감이나 적대감을 품고 있거나, 그런 감정을 비판하고 성토하기도 하지만, 정작 그들 앞에 서면 엷은 미소를 날리며 굽실거리는 태도를 보이기도 한다. 생계 때문에 어쩔 수 없이 웃어야 하는 웃음인지, 어떤지는 알 수 없다. 그러나 어떤 경우는 그 웃음을 진정한 웃음이라고 할 수는 없다.

어쩌면 우리 시대의 웃음은 TV에서 종합되고 전염되는 것은 아닐까 싶다. 기계적이고 단자화된 삶, 고립된 섬처럼 제각기 홀로 살아가는 사회에서 TV 개그프로그램은 이슈가 되는 사회적 문제를 사소하게(?) 건드리며, 우습지만 뼈있는 농담을 던짐으로써 우리에게 웃음을 유발시키기도 한다.

이제는 막을 내렸지만 TVN에서 진행했던 <코미디 빅리그>의 <갑과 을>은 그 한 사례가 아닐까 한다. 이 코너는 우리 사회의 민감한 문제들을 통렬하게 비판하고 그와 관련된 문제들을 비틀어 보여줌으로써 우리에게 웃음을 자아내게 했다. 갑은 언제든 을이 될 수 있고, 을은 갑이 될 수 있다는 상황설정과 방청객들이 뿌리는 웃음은 시청자들에게 어디서 웃어야 하며 무엇을 희화화하고 있는지 분명하게 지목하고 있다.

물론 등장인물들이 스스로를 조롱하거나 타자화시킨다는 점에서 본격적인 비판이나, 이를 통한 감정배설, 즉 진정한 웃음을 자아낸다고 하기는 어렵지만, 갑과 을의 위치전도와 갑에 도전하는 을의 행위는 삼켜진 고름처럼 곪아 있는 울음을 한바탕 까뒤집어 놓고 웃게 함으로써 우리의 억압된 감정을 분출하게 하는 데는 충분했다. 그 속에 드러난 희극성은 무엇보다 기계화되고 종속화된 자본주의 사회의 모순과 부조리를 지적하고 비판하려는 의식을 담고 있다는 점에서 때때로 감동적일 때도 있었다.

자동화된 반복의 언어로, 작위적인 웃음으로, 또는 익살과 자기 풍자적 언어로 우리 삶의 모순과 질곡을 헤쳐 나가려는 웃음 뒤에는 언제나 세계에 대한 비판의 칼날이 있다. 그러나 그 칼날은 헛것만이 판치는 시대, 진짜와 가짜를 구분할 수 없는 시대를 살아가는 우리에게 통쾌한 웃음이라기보다 공허하고 씁쓸한 웃음으로 비춰지기도 한다. 이는 오늘의 세상이 그만큼 절박하고 황폐해졌음을 단적으로 보여준다.

참다운 웃음은 경직되고 인위적인 웃음이 아니라, 우리의 억눌린 감정을 배설하며 박장대소(拍掌大笑)할 수 있을 때 가능해질 것이다. 장자의 소요(逍遙)정신, 그 자유의 의미가 그래서 더 소중하게 여겨진다. 현실적 시비(是非)와 호오(好惡)의 감정을 넘어설 때 얻어지는 정신적 자유, 자기로부터의 부단한 투쟁(수양)을 통해 얻어지는 자유정신, 그 속에서 터져 나오는 웃음이야 말로 건강한 웃음이며, 그러한 웃음이야말로 우리 사는 세상을 의미 있고 가치 있는 세계로 변모시킬 수 있지 않을까, 우리가 행복감을 만끽할 수 있는 통쾌한 웃음이 되지 않을까 한다.

자신감과 자존감

    자신감 있게, 라는 말이 있다. 요즘 쏟아지는 자기계발서 중에는 '자신감을 키워주는'이라는 수식어가 붙어 있기도 하다. '자신감 있게'를 바꿔 말하면 '당당하게'라는 정도로 이해할 수 있을 것이다. 그런데 '자신감' 있는 삶이 과연 당당한 삶일까? 혹시 자존감을 자신감으로 오해하고 있는 것은 아닐까? 자신감과 자존감은 우선 생각하기에 유사한 것 같으나 따져보면 그 의미는 다르다.

    자신감은 다른 사람과의 비교를 전제한다. 남과 비교했을 때, 자신이 더 우월하다고 믿는 마음이 바로 자신감이다. 흔히 공주병, 왕자병을 앓고 있는 사람이 여기에 해당된다. 공주병, 왕자병을 앓는 사람들은 자신만이 최고라고 생각한다. 그래서 다른 사람들을 하찮게 생각하거나 함부로 대하기도 한다. 그러나 자신감은 자신에 대한 믿음의 근거가 약해질 때, 즉 자신보다 더 뛰어난 사람을 만나게 될 때, 위축될 수밖에 없다. 주눅이 들고 때로 비굴해지기도 한다.

그러나 자존감 강한 사람은 공주병 왕자병을 앓고 있는 사람과는 근본적으로 다르다. 자존감은 남과의 비교를 전제하지 않는다. 자신의 약점과 한계를 인정하고, 있는 그대로의 자신을 귀하게 생각하는 것이 자존감이다. 때문에 남을 함부로 대하지 않는다. 자신을 객관화할 줄 알고, 남과 비교하기보다 (어제의, 혹은 조금 전의)나 자신과 비교하면서 스스로를 바꾸어가려 한다. 결코 남에게 의존하려 하지도 않는다.

자존감이 강한 사람은 자신보다 뛰어난 사람을 만나더라도 주눅 들지 않는다. 자신의 일을 선택은 스스로하고 그에 따른 결과도 스스로 감당한다. 거기서 자기만의 결이 만들어지고, 있는 그대로의 자신이 나온다. 한때 나도 자신감을 중요하게 생각한 적 있다. 남에게 뒤지고 싶지 않았고, 어느 한 분야에서만큼은 최고가 되고 싶었다.

그러나 세상에 최고란 존재하지 않는다. 어느 한 분야에서 '최고'라고 여겨지는 것들은 또 다른 누군가에게 자리를 내 주기 마련이다. 나의 주장이나 생각이 다 옳지 않고, 나보다 뛰어난 사람은 계속해서 태어난다. 이것은 역사의 발전과정이기도 하다. 뛰어난 이의 생각에 반하는 다른 생각이 계속 나와야 하고, 과거의 인식을 넘어 새로운 인식을 만들어가야 역사도 발전한다.

그런 점에서 자신감보다는 자존감을 가지는 것이 더 중요하다. 내 약점과 한계를 인정하고, 거기에 머물러 있는 것이 아니라 계속하여 나를 변화시켜나가는 것. 거기서 자기만의 결이 만들어지고, 있는 그대로의 자신이 나온다. 그러려면 있는 그대로의 나를 인정하고, 내가 하고 싶은 대로 해야 한다.

삶이 불안하고 그래서 자꾸 더 위축되는 요즘 자본의 상술은 우리 일상 곳곳으로 파고든다. 자신감을 키워주는 자기계발서 등도 그 한 사례라 하겠다. 내 아들도 그것에서 비껴나지 못했는지, 책장에 자기계발서 몇 권을 사다 꽂아 놓았다. 성공하는 사람들의 일곱 가지 습관, 아프니까 청춘이다……? 언제 이런 책을 구입했는지, 웃음이 난다. 아들, 책을 읽는 것은 좋으나, 마케팅에 현혹되지는 마라, 다 헛소리다.

청춘만 아픈 게 아니고, 청춘만 힘든 게 아니다. 다 힘들다. 하고 싶은 것이 있으면 그냥 해라, 가능한 빨리. 그냥 네 하고 싶은 대로 하면 된다. 물론 시도한다고 성공하는 건 아니다. 보장되는 것도 없다. 그러나 미래라는 것은 누구에게도 보장돼 있지 않다. 하고 싶은 일을 하면 최소한 행복은 하다, 선택은 네 몫이겠지만, 나는 네가 행복하게 살기를 바란다.

욕의 미학

언젠가 비오는 날 버스를 탄 적 있다. 버스 안을 꽉 메우는 사람들의 냄새는 머리를 지끈거리게 했다. 버스에서 내려 냄새에서 벗어나자, 숨을 좀 쉴 것 같았다. 그때 내 앞을 걸어가던 한 여고생의 말, "야, 내 앞에 있던 그 새끼 있잖냐, 머리를 얼마나 안 감았는지, 냄새 완전 개쩔더라…"

나란히 걷던 아주머니는 "아니, 여학생 입에서 어찌 저런 말이 나올까, 말세다, 말세야…" 혀를 찼지만, 나는 순간 푸학!, 웃음이 터져 나왔다. 물론 그 말은 듣기에 따라 불쾌하게 여겨질 수도 있다. 규범적 언어가 아닌 욕이기 때문이다.

그런데 욕이 과연 나쁘기만 할까? 욕은 감정이 섞인 살아있는 말 문화다. 나이가 어린 친구들일수록, 친한 친구사이일수록 욕은 친근함의 표시가 되기도 한다. 자녀들을 유치원에 보냈을 때, 가장 먼저 배워오는 것이 아마 욕일 것이다. 대개 부모들은 아이의 그 말을 지적하겠지만, 욕을 배워왔다고 나무랄 일은 아니다.

욕을 시작한다는 것은 사회생활을 시작했다고 볼 수 있다. 또래집단의 아이들이 욕을 주고받으면서 서로 웃는 것은 욕을 욕으로 받아들이지 않기 때문이다. 꼬마들은 욕을 욕이라고 생각하지 않는다. 그냥 한다. 욕을 부정적으로 생각하는 것은 늘 어른들이다.

우리는 나이가 들수록, 어른이 되어갈수록, 언어예절을 갖춘다. 그 안에 욕이 들끓기도 하지만, 겉으로 발설할 경우 예의에 어긋난 혹은 비천한 인간으로 평가되기 때문에 삼간다. 그러나 혼자 있을 때나, 가까운 친구들 사이에서는 어른들도 욕을 한다.

공부를 안 하여 낮은 성적을 받아온 자녀에게 "애야 이번엔 공부를 안했구나, 회초리를 가져 오렴."이라고 말하는 어머니는 드물 것이다. 대부분의 엄마들은 "이놈의 새끼…"라는 말로 시작할 것이다. 점잖게만 대하는 어머니는 자녀에게 재판관처럼 느껴질 수도 있다. 욕을 하는 어머니가 오히려 더 친근감 있게 여겨진다. 그만큼 가깝다는 의미다.

욕하고 싶으면 욕을 하고, 화가 나면 화났다고 표현하자. 그리고 나서 화가 풀리면 풀렸다고 미안하다고 말하는 것이 좋다. 그것이 훨씬 더 인간적이다. 어릴 때부터 친하게 지내왔던 친구가 어느 날 갑자기 격식을 갖추어 말한다고 생각해보자. 얼마나 어색할 것인가.

다만 언어라는 것은 상황에 따라, 맥락에 따라 그 쓰임이 다르다는 것만 기억하자. 아이들 사회에서는 아이들의 언어를, 방송국에서는 방송국 언어를, 시장아주머니들에게는 시장아주머니들의 언어를 사용하는 것이 훨씬 자연스럽고 친근감 있다.

나는 한때 욕을 연습해보던 때가 있었다. 모자를 삐딱하게 쓰고 욕을 씹어뱉는 배우들이 멋있어 보이던 때였고, 남자 흉내를 내는 언니들의 걸걸하고 약간은 거친 포즈가 부러웠던 때였다. 어쩌면 쉽게 욕을 발설할 수 없는 집안 분위기 때문이었는지도 모르겠다. 나는 여자아이들에게 요구되는 규범에 적어도 외양적으로는 충실한 아이였다.

그러나 혼자 걷는 길에서나 아무도 없는 방안에서는 욕을 입 밖에 내어 중얼거려보곤 했다. 무엇엔가 화가 나서도 아니고, 단지 그냥 욕이란 걸 해보고 싶었다. 성인이 된 후에도 나는 가끔 욕을 한다. 혼자서 텔레비전을 볼 때도 욕이 튀어나온다. 개새끼! 혹은 개새끼들! 최근 내게서 가장 많이 욕을 들은 사람은 텔레비전 속의 일명 사회지도층이었고, 백성들을 개돼지라며 함부로 취급하는 파렴치한들이었다.

그들을 향해 거친 욕을 씹어 뱉곤 하지만, 돌아서 이내 회의가 들기도 한다. 개새끼라니! 탐욕과 위선과 교만에 차서 음모와 폭력과 투쟁을 일삼는 짓을 개들은 하지 않는다. 텔레비전을 보며 내가 씹어뱉는 욕은 오히려 개들에게 욕이 되는 말일 것이다.

그럼에도 불구하고 억눌린 감정을 욕으로 씹어 뱉는 일이 생긴다. 그래서 김열규 선생도 "세상이 가만히 있는 사람 배알 뒤틀리게 하고 비위 긁어댄 결과 욕은 태어난다. 욕이 입 사나운 건 사실이지만 욕이 사납기에 앞서 세상 꼴이 먼저 사납다. 꼴 같잖은 세상!"(김열규, 『욕, 그 카타르시스의 미학』, 1997)이라고 욕의 출생부를 정리해 놓기도 했다.

욕은 허위와 허장성세에 딴지를 걸며 맺히고 억눌린 마음을 분출시키는 살아있는 말 문화다. 남을 저주하거나, 남의 가슴에 큰 상처를 주는 것이 아니라면 한번 뱉어보시라. 아무도 없을 때, 혹은 정말로 화가 날 때, 욕을 하면 내 안에서 참고 있었던 덩어리가 빠져나가는 기분이랄까, 그 효과는 의외로 클 것이다.

산다는 것은 '가면 쓰기 놀이'

페르소나(persona)는 본디 고대 그리스 연극에서 배우들이 쓰던 '가면'을 뜻하는 라틴어에서 유래된 말이다. 이 용어는 정신분석학자인 융에 의해 정신의학적 및 심리학적 용어로 세상에 널리 알려졌다. 융에 따르면 페르소나는 자아가 다른 사람에게 투영된 성격, 외면적으로 보이기를 바라는 자기 모습, 사회적 자아로서 사회적 역할에 따라 변화하는 인간의 가장 외적인 인격을 말한다.

그러니까 페르소나는 우리 안에 우글거리는 수많은 자아로서 본성적 자아가 아니라, 사회적으로 규정되거나 결정된 역할에 따를 수밖에 없는, 혹은 그 틀에 맞춰 길러지는 조작된 인격을 말하는 것이다. 기실 인간은 태어나면서부터 사회문화적으로 결정된 역할을 따르고 훈육되는 존재라 할 수 있다. 부모·친인척뿐 아니라 아동도서와 교과서, 교사의 태도와 행동지도, 대중매체까지도 우리를 길들이고 훈육하는 매개라 할 것이다.

이렇게 훈육되거나 만들어지는 존재로서 인간은 자신을 훈육시키는 강자 앞에서 살아내기 위해 혹은 살아남기 위해 늘 가면을 쓸 수밖에 없다. 크리스테바는 그래서 인간 삶을 하나의 연기(performance)라고 주장하기도 한다. 그녀에 따르면 우리의 정체성 자체는 조작된 것, 만들어진 것, 허구적인 것이며, 사회화 과정은 하나의 역할을 연기하고 그것을 패러디하며 가면을 선택하는 과정이다. 정체성은 인간(Man)에 의해 만들어진 것, 혹은 조작된 허구에 불과하기 때문에, 가면 속에 자기 진면목을 숨기고 하나의 역할을 연기함으로써 기존의 허구성을 전복하는 것이다.

그러나 누구나 언제든지 가면을 쓰지는 않는다. 가면을 쓰는/써야만 하는 주체는 아이들, 여성들, 사회적으로 힘없는 약자들이다. 어른들은 혹은 강자는 맨얼굴로 살아도 크게 위협을 느끼지 않기 때문에 가면을 쓸 필요가 없다. 그러나 아이들, 여성들, 힘없는 약자들은 다르다. 강한 자 앞에서 항상 공손한 태도를 보일 수밖에 없다. 특히 억압적이고 폭력적인 환경에서 자란 아이들은 가면이 더 두껍다. 부모가 휘두르는 폭력 앞에서 자신을 지켜내려면 공손하게 굴어야 하고 굴종해야 하는 사실을 아이들은 잘 알고 있다. 그러나 이런 아이들은 훗날 성장하여 독립을 할 수 있게 되면, 즉 가면을 벗을 수 있게 되면 부모를 미련 없이 버리고 떠난다.

여성도 마찬가지. 여성은 강한 남성 앞에서 가면을 쓸 수밖에 없다. 성적인 측면에서는 더욱 그렇다. 자신의 성에 대한 욕구를 인정하는 여성은 '나쁜' 여자로 간주되기 때문에 여성들은 자신의 성에 대한 솔직한 의견이나 경험은 숨기고 은폐해야 한다. 성 경험이 있는 여성은 '더럽혀진' 여성으로 간주되기 때문에 여성은 남편 아닌 혼전 성관계의 경험은 절대로 말하지 않아야 할 일급비밀이 된다. 성에 대해 무지하고 경험이 없으면 없을수록 '좋은'여성이 되기 때문에, 여성은 성에 관해서만큼은 절대로 벗으면 안 되는 가면을 쓸 수밖에 없다.

어떤 측면에서 가면은 남성이 더 두껍다고 볼 수도 있다. 남성의 삶을 규정짓는 가장 기본 축은 가족을 먹여 살리는 책임을 져야 하고 이를 위해 출세를 해야 한다는 것이다. 생계유지자로서 역할을 위해 남성은 생존경쟁에서 살아남아야 하고 이를 위해 평생을 처절하게 노력한다. 군에서 익힌 불합리함, 수단·방법을 가리지 않는 생존술 등은 직장 생활에서 그대로 이어진다. 기업은 강한 남성상을 요구하는 동시에 엄격한 상하위계질서에 순응할 것을 요구한다. 남성들은 그 요구에 응해야 하고 윗사람의 비위를 맞춰야 살아남기 때문에 늘 가면을 쓰고 살아갈 수밖에 없다. 그래서 그 안에 굴욕감과 분노 등 스트레스를 더 많이 안고 있다. 그 분노는 아내나 자식 등 자신보다 약한 이에게 폭발하게 되는데, 대개 주변에서 칭찬받는 가장이 가정폭력을 행사하는 것은 그래서라고 할 수 있다.

그러나 어떤 경우든 진실로 삶을, 자신을 사랑하는 사람은 가면을 쓰지 않는다. 여성이든 남성이든 상급자든 하급자든 상대방에게 자신의 진심을 털어놓을 때, 자신의 맨얼굴을 보이게 될 때, 모두는 자기 삶의 주인으로서 서로를 대할 수 있게 된다. 우리 인생이 쓰고 벗기를 거듭하는 가면놀이라지만, 너무 오랫동안 쓰고 있으면 그 가면이 자신의 모습으로 고착될 수 있다. 자기 진면목을 드러낼 수 없다.

삶의 주인으로서 인간은 스스로 살아갈 힘을 가진 강한 사람이기 때문에 가면을 쓰지 않는다. 어른들이 아이들 앞에서 공손한 태도를 보이지 않듯이, 고용주가 피고용인에게 공손한 태도를 보이지 않듯이, 성경험 많은 남성이 그것을 오히려 자랑처럼 과시하듯이. 우리가 성숙해진다는 것은 가면을 벗는다는 의미이며, 자기 본래의 맨얼굴을 회복하는 것이라 할 수 있다.

이를 위해 무엇보다 가장 먼저 선취해야 할 것은 우리 모두의 개방적인 태도다. 자신뿐 아니라 상대방이 자신의 감정을 솔직하게 말할 수 있도록 개방적인 태도를 유지할 때, 상대방을 있는 그대로 존중하려 할 때, 모두는 가면이 필요 없는 삶의 주인이 될 수 있을 것이다.

나를 만나는 길

인문학은 자기를 찾으려는 진지한 물음에서부터 출발하였다. 나는 누구인가, 어떻게 살 것인가? 하는, 근원적 질문, 그 철학의 사유방식에서 시작된 것이 바로 인문학이다. 그러나 그것은 단순히 사유하거나, 기존의 입장을 그대로 따라가는 것이 아니라, 현대적으로 재해석해서 우리 삶을 새롭게 열어가는 것으로 이어져야 한다. 나를 찾아가는 길 또한 마찬가지다. 전통철학은 인간(Man=I) 입장에서 세계를 바라보고, 사물을 자신의 주관으로 한정하여 인식해 왔다.

인문학의 하위갈래인 문학도 마찬가지다. 특히 전통시문학은 서정적 자아 '나'의 생각을 사물에 투사하여 자신의 정서를 노래해 왔다. 시인들은 길거리 쇼윈도 앞에 우두커니 서 있는 여자를 보거나, 낡은 오피스텔 비좁은 엘리베이터 안에 타고 있는 남자의 손에 들린 생필품을 보면서, 자기 내부를 응시하고 자신의 소리를 들었다. 자신이 보는 대상은 앞에 있지만, 그에게서 느껴지는 삶의 신산함 혹은 고통을 그의 것이 아니라, 결국 자기 자신의 것으로 받아들인 것이다. 이것은 자기반성과 성찰의 계기를 마련할 수 있다는 점에서 나름 의미 있는 작업이라 할 수 있다.

하지만 이것은 A=A라는 동일성의 생각에 기반한 것이라는 점에서 오히려 타인에게 폭력을 행사할 위험을 안고 있다. 나의 입장에서 타자를 보게 될 때, 타자에게는 언제나 내 입장 혹은 나의 기준이 투사된다. 때문에 나와 다른 타자, 진정한 '다름'을 볼 수 없게 된다. 타자 속에서 자신을 확인하는 행위는 그래서 타자의 타자성을 죽이는 행위와 같다.

더구나 우리는 스스로에 대해서도 잘 알지 못한다. 가령 우리 앞에 보글보글 끓는 김치찌개가 있다고 하자. 배고플 때 우리는 그 김치찌개를 욕망할 것이다. 우리는 이때 욕망을 나의 욕망이라고 생각한다. 그러나 따지고 보면 그 욕망은 나의 것이 아니다. 우리가 김치찌개를 먹도록 유도한 사람은 대개 양육자인 어머니이며, 김치찌개를 잘 먹는다는 어머니의 칭찬 때문에 우리는 김치찌개를 욕망하게 된 것이다.

겉모습 또한 마찬가지다. 우리는 누구나 자신의 전체를 볼 수 없다. 거울에 비친 내 모습은 나의 일부일 뿐 전부가 아니다. 나는 내 뒷모습, 정수리 등을 볼 수 없다. 나를 볼 수 있는 사람은 항상 타자이다. 우리는 타자 앞에 전적으로 노출되어 있으며, 나는 타자를 통해서만 나를 볼 수밖에 없다. 나를 내가 생각하는 과거의 나 또한 왜곡되어 있을 공산이 크다. 왜? 기억은 항상 조작되어 남아있는 것이기 때문이다.

이런 점에서 '나는 누구인가(Who am I)'라는 질문은 '너는 누구인가(Who are you?)'로 새롭게 바꿀 필요가 있다. 그러니까 나를 찾아가는 길은 '너'에게 있다는 것이다. 그 '너'는 반드시 타인만은 아니다. 인간은 자기 자신으로부터도 계속 타자(너)가 되어가는 과정에 있다. 지금의 나는 어제의, 혹은 조금 전의 나로부터 떠나온 '나'이며, 조금 전의 나는 지금의 나에게 '너'가 되는 셈이다.

육체적으로 시/공적으로 한 지점을 점유하면서 계속 변해가는 나는 (어제의, 혹은 조금 전의) 나에 대해 항상 다르며, '(과거의 나인) 너'와 '(현재의) 나'는 서로에 대해 완전히 알지도 못하고, 자신의 행위나 상태에 대해서도 분명히 설명할 수 없다. 이것이 인간의 근본적인 한계이다. 이러한 한계를 벗어나려면 자신으로부터 거리를 취하고 자신(욕망)을 구성하는 기존체계를 문제 삼을 수 있어야 한다. 즉 기존의 이념과 신념, 가치관에 갇혀 있는 나에게서 거리를 취할 때 나는 (기존의) 나를 볼(반성) 수 있으며, 이것을 벗고 나면 자기로 남을 수 있다는 것이다.

그러나 그 '나'는 결코 완성되거나 완결될 수는 없다. 나는 계속 '너'가 되어가는 과정 중에 있기 때문이다. 그러니까 나를 찾는 일이란 끝없이 '너는 무엇인가'를 물어가는 과정이라고 할 수 있다. 그것은 타자와의 관계를 새롭게 구성할 수 있는 방법이 된다. 내가 항상 '너(나인 너 혹은 타자)'와의 관련선상에 놓여 있다면, 나는 나만(獨我)의 목소리를 낼 수 없게 되며, 나와 다른 타자에게도 폭력을 행사하지 않을 수 있게 된다. 이런 방식으로 '나'를 만나는 것은 자기정체성 발견과 변형뿐 아니라, 타자와의 관계를 새롭게 만들어가는 첩경이 될 수 있을 것이다.

51

새로운 삶의 출구를 위하여

"어느 날 아침 그레고르 잠자가 불안한 꿈에서 깨어났을 때 그는 침대 속에서 한 마리의 흉측한 갑충으로 변해 있는 자신의 모습을 발견했다."

누구나 상처를 안고 있다. 그 크기와 정도만 다를 뿐 가슴 속에 상처를 안고 있지 않은 사람은 없다. 그것은 우리 삶 자체가 부조리 속에 놓여 있기 때문이다. 우리는 태어나는 그 순간 부조리한 상황에 던져지며, 그것은 숱한 고통과 상처를 남긴다. 그러나 그 상처의 아픔을 누구든지 언제나 느끼는 것은 아니다. 아무런 생각 없이 무미건조한 일상을 반복하거나, 혹은 지속적인 상처에 노출되다 보면 아무것도 감각할 수 없게 된다. 살아있는 감각이 '마비'되어 버리는 것이다.

글의 도입부에 소개한 구절은 프란츠 카프카의 소설 「변신」에 나오는 한 구절이다. 그레고르 잠자는 소설 속에서 살아있는 인간으로 존재하지 않는다. 그는 가난한 부모와 여러 여동생들의 생계를 위해 영업사원으로 일했던 평범한 인물이다. 그런데 어느 날 잠에서 깨어 보니 벌레로 변신해 있다. 벌레가 된 잠자는 인간이었던 자신을 회상하고 기억하지만, 끝내 인간성을 회복하지 못하고 벌레로 살다가 최후를 맞는다. 그런데 카프카는 이 작품을 통해 무엇을 말하려 한 것일까?

그레고르가 지칭하는 것은 혹시 우리 자신은 아닐까? 자본의 이데올로기 속에서 아무런 감각 없이 살아가는, 혹은 그 폭력에 노출되어 점차 생의 감각을 잃어가는 우리. 벌레와 무엇이 다른가. 벌레는 안(뼈)이 없다. 겉이 바스러지는 순간 끝난다. 벌레를 밟을 때 나는 소리, 그 아스스함을 느껴본 적 있는가. 벌레는 한 번 밟히면 그냥 끝이다. 재생할 수 없다.

자본주의 속에서 우리도 마찬가지다. 돈이 있을 때는 가족도 화목하다. 맛있는 음식도 사 먹고, 좋은 옷을 입고, 좋은 차를 굴리면서 여행도 하고 즐겁게 보낼 수 있다. 그러나 돈이 사라지면 그 모든 것이 사라진다. 노숙자들에게는 최소한의 인권도 없다. 우리는 그들을 마치 (밥)벌레 보듯 함부로 취급한다. 그들이 왜 그런 상황에 처하게 되었는지, 그 삶의 과정을 생각하려 하지 않는다.

모두들 자신을 과시하는 데 열중할 뿐이다. 과시를 위해 경쟁하고, 상대방을 밟아야 경쟁에서 성공하기에 타인에 대한 배려나 사랑은 없다. 물론 더러 박애정신을 가진 사람도 있을 수 있다. 그들은 인간으로서 최소한의 권리도 가질 수 없는 현실을 개탄하고 분노할 것이다. 하지만 그들 또한 오랫동안 부조리한 상황에 노출되면 그 마음을 점점 잃어간다. 머리로는 알면서도 몸으로 실천하려 하지 않는다.

생의 상처와 고통에 가장 민감하다는 문인들도 그렇고, 종교인들도 그렇다. 종교인들 또한 대개는 자신과 신의 관계에만 집중할 뿐 주변을 돌아보지 않는다. 모두들 사회적 자아는 죽은 것 같다. 우리는 옆집 주민과도 잘 지내지 못하고, 혼자 자라는 아이들은 구체적 타자와 관계 맺는 법도 잘 모른다. 끔찍한 폭력을 목도해도 그저 무덤덤하거나, 자신이 그 피해자가 될까 봐 돌아서 제 갈 길만 바삐 간다. 이것은 이제 만성화되었고 일상화되었다.

과연 살아있는 삶이라 할 수 있을까? 삶은 고통을 동반한다. 살아있는 사람은 아픔을 느낀다. 허나 죽은 자는 어떤 아픔도 느낄 수 없다. 한쪽 다리를 다쳐 의족으로 갈아 끼웠다고 하자. 그리고 그 다리를 한번 꼬집어보자. 감각할 수 있는가? 어느 날 내가 치매에 걸린다면? 몸담았던 직장에서 명퇴를 당한다면? 대학을 졸업한 자식이 오랫동안 취직을 못한다면?

누구나 벌레가 될 수 있다. 자신만을 생각한다면, 자기를 과시하고 전시하는 데만 열중한다면, 카프카의 그레고르처럼 우리도 끝내 벌레로 생을 마감하게 될 것이다. 우리 사회가 요구하는 '나'가 아니라, '겉'이 아니라, '안'을 좀 들여다보자. 기쁨과 슬픔, 분노와 회한, 상처와 아픔 등 숱한 것들이 한데 어우러져 있는 우리의 '안'. '안'의 사유로 '밖'을 볼 때 '우리'라는 사회적 자아를 회복할 가능성도 열릴 것이다. 자신만 소중한 것이 아니라, 소수를 희생한 전체를 중시하는 것이 아니라, 서로 다른 차이를 존중하며 더불어 살아가는 것, 우리가 참으로 추구하는 그 본연의 인간, 그 감정에 충실하고 이것을 정직하게 실천한다면, 생의 감각도 삶의 길도 늘 새롭게 깨어 열릴 것이다.